ハヤカワ
時代ミステリ文庫
〈JA1461〉

江戸留守居役　浦会

伍代圭佑

早 川 書 房

8602

目次

江戸留守居役　浦会

登場人物

高瀬桜之助……………………………駿河国田中藩　江戸留守居役
奈菜……………………………………桜之助の妻
数………………………………………桜之助の幼なじみ
本多伯耆守……………………………駿河国田中藩主
南條釆女………………………………桜之助の前任の江戸留守居役
永井左馬之介…………………………数の叔父
藪谷帯刀………………………………駿河国田中藩　江戸家老
生駒監物………………………………駿河国田中藩　国家老
結崎太夫………………………………能役者
服部内記………………………………桑名藩　江戸留守居役
三津田兵衛……………………………桜之助が知り合った旗本
松山主水………………………………旗本の大身
後藤頼母………………………………仙台藩伊達家　江戸留守居役
浜島新左衛門…………………………久我家公家侍
沢松伊織………………………………松江藩　江戸留守居役
鉄仙和尚………………………………桜之助が江戸で出会った僧
不乱坊…………………………………鉄仙和尚の付き人
田沼意次………………………………政道の実権を握る老中
松平上総介定信………………………幕府の重鎮

第一章　邂逅（かいこう）

一

天明三年（一七八三年）春、江戸。

高瀬桜之助は、背後に気配を感じた。

（間近ではない……）

桜之助は心のなかでつぶやいた。

敵は往来の人の流れにまぎれて少しずつ間合いをつめていくつもりなのだろう。

桜之助は左手で腰帯に差した大刀を押さえた。

往来で刀を抜くまねなどはしたくない。

鞘のままで敵を追い払えればよいが、と思うが、刃をあわせれば鞘など簡単に割られてしまう。

向こうから、子供を肩車した若い職人らしい父親が歩いてくる。子供はキャッキャと嬉しそうな声をあげて笑いながら、父親の両の耳を引っぱっている。

「痛え痛え……なにをしやがるンでぇ、この餓鬼っちょは……」

肩にのせた子供を叱ってはいるが、父親は嬉しそうだ。

後からついてくる母親らしい女もにっこりと微笑んでいる。

供を連れた商家のご隠居らしき老人が足を停め、目を細めて親子の姿を見送っている。

のどかな江戸の往来を、騒ぎで乱してはならない。

（久々の江戸の風を吸うために足まかせに歩いておったのに……）

桜之助が住む本多伯耆守さま上屋敷は、神田橋門外（千代田区大手町）にある。

上屋敷から日本橋に向かう途中に小さな社がある。

生まれも育ちも江戸の桜之助も知らなかった社だ。

桜之助の背丈ほどの祠が杉板の玉垣で囲われているだけで、あたりの者にたずねても名も知れぬ。

駿河の田中（静岡県藤枝市）から、半年ぶりに江戸に戻って早々に見つけた社だ。

繁華な土地柄のなか、ひっそりとしたたたずまいを守っているところが桜之助にはゆかしく思えた。

　桜之助は生まれてから二十年近くを江戸で育ってきた。

　江戸の風はなつかしいはずだが、頬にあたる荒さと冷たさにはあらためて驚かされる。

　桜之助は去年の秋、直参旗本一千石、谷家の三男坊の身から、駿河国田中四万石の大名、本多伯耆守正徳さま家中、高瀬家の入り婿となった身だ。

（駿河とは……箱根の先ではないか……またずいぶん田舎へ婿入りするはめになったものだ）とは、正直、偽らざる気持ちだった。

　箱根の先どころか、子供の時分に川崎のお大師さまにお参りに連れていかれたほかは江戸から離れた覚えのない桜之助だ。

（駿河の田舎暮らしなど……）と思わないでもなかったが、なにしろ旗本の三男坊といえば部屋住みの身。家督の相続もできず、わずかな小遣いだけをあてがわれ生涯を不自由のままで過ごさねばならぬところだ。

　養子か入り婿で他家に入るよりほかには、身を立てるすべはない。

　桜之助が学んでいた昌平黌の同門に、本多伯耆守の江戸家老、藪谷帯刀さまの子息の大蔵がいた。

　藪谷の屋敷にしばしば遊びに行っていた桜之助を、所用で駿河から江戸に来ていた高瀬甚兵衛が一目見て惚れこみ、孫娘の婿にと懇願したといういきさつだ。

早くに息子夫婦を亡くした甚兵衛は、「孫娘に婿を取るまでは死んでも死にきれぬわい」が口癖だったという。

高瀬家への婿入りが決まった桜之助を大蔵は冷やかした。

「高瀬の爺さまの孫娘といえば、『田中小町』として知られるほど美しい女子だ。田中小町に江戸の旗本の息子が婿に入ると決まり、家中の若侍は大騒ぎだ」

大蔵は笑いながら続けた。

「田中に足を踏み入れたら、若侍どもに闇討ちでもされぬよう気をつけるのだな」

「なにを、馬鹿な……」

田中小町だかなんだか知らぬが、たかだか田舎の娘ではないか、と鼻で笑った桜之助だったが……

高瀬家に婿入り早々、桜之助は家中の若侍たちに剣術の稽古に誘われた。

桜之助を、江戸から来た生白い旗本の息子だろうと見くびっている様子だった。

また大蔵が冗談で口にした意趣返しの意図もないわけではなさそうだった。

道場に連れていかれた桜之助は、腕自慢の数人のうちひとりだけには少々手こずったが、難なく稽古相手をすべてしりぞけた。

「いやあ、お強うござる」

「お流儀はいずれでござるか。みどもにも後日、一手ご指南を」

田中の若侍たちは気持ちがよかった。

稽古の後には道場で車座になって酒盛りだ。田中では『初亀』という銘酒が名高い。

剣術では桜之助が上だったが、田中の若侍たちは酒は強かった。

完全に酔いつぶされた桜之助は、若侍たちに担がれて高瀬家へ帰り着いた。

新婚間もない妻がふくれることふくれること……

駿河の田中は温暖なよい土地だ。

人々の言葉も穏やかだが、江戸育ちの桜之助の耳には少々焦れったく聞こえもする。

桜之助が婿に入った高瀬家の爺さまは、領民たちからずいぶん慕われているらしかった。

領内の益津村や小さな漁村の城之腰（静岡県焼津市）あたりまで足を伸ばした折にも、土地の百姓や漁師たちが桜之助の姿を見てひそひそと噂をする声が耳に入った。

「あれが高瀬の爺さまンとこの婿さんだっちょうよぉ……」

「爺さまが江戸中探し回ったっちゅう自慢の婿さんずら」

「へぇえ……やっぱお江戸の旗本の若さまだ、いい男だよぉ……」

桜之助はずいぶんとくすぐったい思いをしたが、くすぐったさの幾分かは明瞭でない語尾にある。桜之助のような他国者には判別しがたい曖昧さが含まれている言葉だ。

桜之助には駿河の人たちの気の良さが声になって出ているのだと思えた。

桜之助は国元の春はまだ知らぬ。妻の奈菜を連れて田中を流れる瀬戸川や朝比奈川の堤を歩いたらさぞよい心もちだろう、と思いをめぐらしていたところに背後からの気配だった。

せっかくの楽しみを邪魔されたうらめしさは強まるばかりだ。

気配から敵のおおよその腕前はわかる。

（かなりの遣い手じゃ……剣をかわす次第になれば、みどもが勝てるかどうか……）

背後の敵の気配は、ごくかすかだ。

かくまで気配を消すとは何者だろうか。ぐっと丹田に力をこめた、その時だ。

突如として左手の茶店から怒鳴り声があがった。

「何をしなさる、この坊さまは」

茶店のおやじだ。見ると背の低い坊さんが謝っている。

「いや、飲み残しの茶を捨てようと思ったのじゃが、手元が狂うてのう……」

「手元が狂うたといっても……狂いようがあんまりではございませぬか」

おやじは店の障子戸を指で示す。杉戸の上半分に貼られた白い障子紙には、坊さんがかけたとおぼしい茶の緑色が一面に散っている。

「貼り替えたばかりというに……また貼り直しじゃわい」

おやじは泣き声に変わっている。

坊さんはおやじを慰めるかのように「気の毒をいたしたものじゃ、許してくだされ」と手をあわせる。

手をあわせてはいるが、坊さんはにこにこと笑っている。心の底から申し訳ないと思っているわけではなさそうだ。

かなり年寄りの坊さんだ。

ずんぐりとした身体(からだ)つきで、まん丸い顔の持ち主だ。頭はつるつるで、あらためて剃りあげる必要もないだろう。身にまとった黒い衣は埃(ほこり)まみれで、ところどころが灰色に光って見える。団子鼻(だんごばな)で、目玉もまん丸。

一目見ただけで吹き出しそうになる風体だ。

坊さんはかたわらの若い坊さんに声をかけた。

「不乱坊(ふらんぼう)や」

不乱坊と呼ばれた坊さんは、逆におそろしく背が高かった。六尺(およそ一八〇センチ）近くあろうかという大男だ。

頭髪が一寸（およそ三センチ）ほど伸び、いがぐりになっている。

不乱坊はさげていた頭陀袋から小粒を取り出した。

一分金だ。

不乱坊は小粒を白紙でひねると、茶店のおやじに握らせた。

怒り半分泣き半分だったおやじは、不乱坊から渡された白紙ひねりに機嫌を直したようだ。ぶつくさ言いながらも、戸口に立てかけてあった箒で店の前を掃き始める。

まん丸の坊さまは、さっさと先に立って歩き始めている。

不乱坊は、「やれやれ」という顔つきで後を追いかけた。

桜之助は坊さまを追いかける不乱坊から目を離さない。

（おかしな坊さんだなあ……）

淫祠邪教、つまり俗信にもとづく怪しげな神仏をまつるような行いは幾度となく禁止されてはいるが、なかなか根絶やしにはされない。修験道の行者は江戸の町を闊歩しているし、霊験あらたかとされるお札やまじないにすがる人たちも多い。公儀で重きをなす歴々の大名や旗本のなかでも、素性の定かではない神仏を熱心に信仰しておられる向きもあるらしい。

まん丸の坊さまも、お札でも売り歩いている根無し草だろうか。

もっとも、邪なものでもなさそうだ、と桜之助はみきわめをつけた。

一方で、一連の騒ぎを見物する間も桜之助は油断はしていなかった。

背後の気配は消えてはいないが、騒ぎのなかでさらに薄くはなっている。

茶店を取り囲んでいた見物人たちの半円も解けた。

まん丸の坊さまと背の高い不乱坊の姿は少し先に見える。

妙な坊さまだ。

まん丸の坊さまは不乱坊を見上げるようにして話をしながら歩いている。

背の高い不乱坊は少し腰をかがめるようにして耳を傾けながら、まん丸の坊さまの相手をしている。

いかにも仲の良さそうなふたり連れだ。

坊さんの騒ぎのためにいったん薄くなった桜之助の背後の気配は、ふたたび濃くなった。

桜之助はあらためて左手で腰帯の大刀を押さえる。

すると、前をいくまん丸の坊さまは、また奇妙な行動にでた。

荷を担いで江戸の町を売って歩く棒手振の唐茄子売りを呼びとめたのだ。

坊さまが何を言ったか桜之助にはわからない。不乱坊が茶店でと同じように白紙のおひねりを唐茄子売りに与える姿が見えた。

「へえい、毎度ありぃぃぃぃ……」

続いて唐茄子売りの威勢の良い声が往来に響いた。

「さあ、荷仕舞だ、荷仕舞だぁ」

唐茄子売りは担いでいた荷を置くと、往来を行き交う者たちに大声で呼びかけた。

「お代はいらねえ、唐茄子の荷仕舞いだ。誰でも持ってってっていいッツくれい……」

往来は時ならぬ唐茄子の奪い合いで大騒ぎだ。

騒ぎのために桜之助の背後の気配は、またも薄くなってゆく。

桜之助は初めて、顔を少しだけ傾け、背後をうかがった。

気配の主らしい姿が桜之助の目の端に映った。

薄青色の羽織に、背筋をすっと伸ばした姿が美しい。

腰には刀を一本だけ差している。

（侍ではない……）

男は桜之助に見とがめられたと悟るや、往来の人にまぎれて姿を消した。

まるで溶けるように、だ。

（幻か……）

唐茄子売りの周囲ではまだ騒ぎが続いている。

気を取りなおした桜之助は、すでに姿が見えなくなった不思議な坊さまを追って先を急いだ。

坊さまは先でも騒ぎを引き起こしていた。

何人もの男に取り囲まれた不乱坊が剣突(けんつく)をくらっている。

「ったく、こちとらァ縁起商売(えんぎしょうべえ)だぁ……口開(くちあ)けから暖簾(のれん)をひっくり返されちゃたまらねえや」

「全体(ぜんてえ)、あの坊さんは何が面白くってこんな悪戯(いたずら)をして歩いてンだか、気が知れねえ」

男たちは軒を並べる煮染屋(にしめや)の主(あるじ)たちだ。

人参(にんじん)、牛蒡(ごぼう)や大根の類(たぐい)を甘辛(あまから)く煮た煮染めのほかに、豆腐の田楽などをそろえ、酒を出す煮染屋の店先の暖簾を、坊さまはご丁寧にも通りすがりに一つずつひっくり返していったらしい。

「いや、なんとも申し訳ございませぬ……」

ひときわ背の高い不乱坊は煮染屋の主たちにぺこぺこと頭を下げている。

煮染屋たちは、「とんだ坊さまだ。悪さをしねえように縄でくくっておきな」と捨て台詞を残し、三々五々、散っていく。

解放された不乱坊は「参ったわい……」とでもいうかのように苦笑いをしながら、ぼさぼさ頭のてっぺんをボリボリと掻いた。

掻きながら不乱坊は、視線をちらりと桜之助に走らせた。

桜之助は、不乱坊にいざなわれていると直感した。

（こ……こやつ、ただ者ではないな……）

不乱坊は視線を戻すと、何食わぬ顔で先を行くまん丸の坊さまの後を追う。

桜之助も足を踏み出した。

不乱坊や、もちろんまん丸の坊さまからも害心は感じられない。

（これは面白い成り行きだ……）

桜之助が住む神田橋門外は西に向かっている坊さまたちとは反対の方角だが、どうせ帰っても飯炊きの爺さんの権助が待っているだけだ。

「久々の江戸だ……奇妙な坊さまを追って歩き回る春の一日も洒落ているではないか」

先を行くまん丸の坊さまは、例によって不乱坊を見あげながら何か話をしている。

かぁん、と、やや高い鐘の音が聞こえた。

芝の増上寺の鐘だろうか。

往来をゆく町家のおかみさん同士が大声で呼び交わしている声が桜之助の耳に飛びこむ。

「おんや、もう八ツ（午後二時ころ）かい、早えもんだねえ……」

朱塗りの偉容をほこる増上寺の解脱門が見えた。

まん丸の坊さまは解脱門に至る石段をあがっていく。息が切れるのか、一段ずつ足を運んでは休んでいる。

不乱坊も付きあってゆっくりと石段をあがっていく。

桜之助は驚いた。

「まさか……増上寺の僧侶か……」

淫祠邪教の坊さまどころではない。

三縁山増上寺は浄土宗大本山。徳川家累代の信仰もあつく、台徳院さま（二代将軍徳川秀忠）をはじめ何人もの将軍や御台所の霊廟がおかれている。

「なるほど、増上寺の僧か……してみると、雑用を受けもつ下級僧であろう……」

桜之助も二人に続いて解脱門をくぐった。

巨大な伽藍がいくつも並ぶ境内をぬうようにして奥へ奥へと進んでいく。

本堂の裏手に忘れ去られたかのように藪が残っている。

二人の坊さまは藪の小径を入っていった。

小径には雑木の根が張りだし、瘤のように盛りあがっている。

両側の熊笹が手の甲に当たると痛い。

まん丸な坊さまは馴れているのか、石段を上がるときのような難渋は見せずにひょいひょいと藪を分け入っていく。

桜之助はつまずかぬよう気をつけながら後を追っていく。

「あ、痛ッ……」

小径に張り出した枝についた鋭い棘が桜之助の左手の甲に刺さった。

足を停めた桜之助の耳に、よく通るおおらかな声が響いた。

「大事ございませぬかな」

顔を上げるとまん丸な坊さまが桜之助に顔を向けていた。

まん丸な目が笑っている。

目だけではなく、顔全体に笑みが浮かんでいる。

心の凝りの塊がみるみる溶けていきそうな柔和な笑みだ。

「はい、平気でございます」

桜之助は坊さまにつられて笑った。

広大な増上寺の奥に人知れずある藪に誘いこまれた形だが、（なあに、悪いようにはならぬだろう）と桜之助はみきわめた。

「この先に愚僧の庵がございます。茶などしんぜましょう」

まん丸の坊さまは、首からさげた頭陀袋に手を突っこみ、ごそごそと探りはじめた。

頭陀袋から何を取り出すつもりか、と桜之助は念のために左足を半歩うしろにひき、身構える。

「ほれ……」と取り出した竹の皮包みを桜之助に示すと、坊さまの笑みはさらに深くなった。

「日本橋本町、紅谷志津摩の練り羊羹にございます……いや、紅谷の羊羹は甘葛ではなく砂糖をおごっておるので格別な味わい。濃茶を淹れますでな、どうぞこちらへ」

まん丸な坊さまは嬉しそうに羊羹の説明をしながら再び歩き始める。

不乱坊も目で桜之助を促す。

（ますますもって奇妙な坊さまだ……）

見知らぬ坊さまの庵とやらで、砂糖自慢の練り羊羹を馳走になるとは面白い。

深い藪とはいえ、天下の芝増上寺の伽藍の奥だ。まさか毒を盛られもしまい。

「かたじけない、御坊の馳走にあずかり申す」

桜之助の声に、先を行くまん丸の坊さまが足を停め振り返った。

にこにこ顔がさらに明るさを増している。

坊さまは口を左右に大きく開け、うなずきながら笑った。

二

桜之助は坊さまに続いて庵に入った。

板敷き(いたじき)の一間(ひとま)きりの庵だ。

庵の真ん中には囲炉裏(いろり)が切られている。

不乱坊が裏から柴(しば)の束を担いできた。

火をおこし湯を沸かす。野宿の煮炊き(にた)のような乱暴な火のおこし様(よう)だ。

奥にちんとおさまったまん丸の坊さまは、囲炉裏から立ちのぼる煙を手で払いながら桜之助に告げた。

「乱暴者(らんぼうもの)ゆえ、お許しを」

詫(わ)びながらも坊さんは、煙だらけになった庵の様子を面白がっているように思える。

不乱坊は目をしばたたかせながら火をおこしにかかっている。

まん丸の坊さまは囲炉裏で悪戦苦闘している不乱坊にはかまわず、笑みを含んだ大きな目玉をまっすぐに桜之助に向けた。

「愚僧は、道誉鉄仙と申す」

まん丸の坊さまは、はっきりとした声で名乗った。

『誉』の字のついた名、誉号を持つ僧侶は、増上寺でも高位のはずだ。

境内の藪のなかの庵を住まいになどするはずはない。

おおかた学僧崩れの古参の坊さんが、勝手に誉号をつかっているのだろうと桜之助は見当をつけた。

桜之助も名乗った。

「みどもは本多伯耆守家臣、高瀬桜之助と申します」

鉄仙和尚は相変わらずのにこにこ顔を桜之助に向けている。

鉄仙和尚は往来で次々に騒ぎを引き起こし、桜之助を増上寺の奥までいざなった。

意図を確かめねばならぬ。

桜之助が問いの言葉を口から出すより早く、鉄仙和尚は微笑を浮かべたまま告げた。

「愚僧はお節介なたちでございましての……そなたさまが難儀に巻きこまれてはお気の

毒と存じまして、背後（はいご）の者を追い払ってしんぜました」

「みどもが何者かに後をつけられているとおわかりで……」

鉄仙和尚は言葉を継いだ。

「茶店で休んでおりましたところ、そなたさまの背後をゆく薄青色の羽織の男……そなたさまが時おり足を停めて周囲を見回すと同じように止まり、歩き始めるとまた同じようについて歩いておりました……」

不乱坊が茶を運んできた。大ぶりな楽焼（らくやき）の茶碗に濃い緑色の茶が溜（た）まっている。

続けて不乱坊は練り羊羹を鉄仙和尚と桜之助の前に置いた。

木桶（きおけ）の丸い蓋（ふた）のような板に白紙を敷いた上に、四角に切られた小豆色（あずきいろ）がぷるぷると震えている。

手で羊羹を示し桜之助に勧めた鉄仙和尚は、我慢ができないかのように先に楊枝（ようじ）をとり羊羹に刺した。

口をあんぐりと開け、さも嬉しそうな顔つきで羊羹を味わっている。

桜之助は鉄仙和尚とかたわらに控えた不乱坊の顔を半々に見た。

（まんざら毒でも入ってはおるまい……）

桜之助も甘いものには目のないほうだ。

楊枝に刺した羊羹を口に放りこむと、濃厚な甘味が広がる。

茶碗を取り上げ茶を啜ると、強い苦味が甘味と混じる。

「ふうっ」と大きく息を吐きたくなるような至福だ。

鉄仙和尚は茶碗を両手で包みこむように持ちながら、桜之助の様子を笑顔で眺めていた。

「本多伯耆守さまと申しますと……たしか駿河の……」と言いかけた鉄仙和尚の言葉を引き取るかのように桜之助は続けた。

「駿河国田中にございます」

「さようで」

相づちをうった鉄仙和尚は、両手で茶碗を包んだままにこにこ顔を向けている。

「もう駿河にはお馴れ申されましたか」

「いかにも……はじめて田中にて冬を越しましたが、江戸よりずいぶんと暖かで、しのぎやすうございまし……」と返答をしかけた桜之助は、逆に和尚に訊ねた。

「『江戸には馴れたか』ではなく、『駿河には馴れたか』とのお訊ねでございますが……御坊はみどもを、駿河田中の生まれの者とはお思いなされなかったのでございますか」

和尚は口を開けて「あははは」と笑った。

「高瀬さまが江戸の往来を時おり足を停めてあたりを眺めておられるご様子を茶店から見ておりました」

桜之助の心は半年ぶりの江戸の風を浴びて浮き立っていた。

鉄仙和尚は続ける。

「他国から江戸勤番になられたばかりのお武家さまが、江戸の町が珍しいあまり足を停めておられる……ともお見受けいたしましたが……」

鉄仙和尚は茶碗を持ち上げて口元に運んだ。

ずっ、と音を立てて茶を啜る。

「足を停めるにしては、墨堤……隅田川沿いや飛鳥山のように桜の名所でもない、何の変哲もない往来。物珍しさにきょろきょろ見回す、というご様子でもなく、江戸の風や往来の声を楽しみ懐かしんでおられるようでございました。ゆえに、江戸のお生まれに違いない、と」

桜之助はあらためて和尚に名乗った。

「さよう。高瀬の家に入る以前は、旗本谷民部が三男でござりました」

和尚は笑顔のまま、うんうんと頷き、確かめるかのような口調で訊ねた。

「こたびはお実家帰りでございましょうか、それとも御役目で……」

桜之助の心に、駿河に残してきた奈菜の姿が浮かんだ。

祝言をあげて間もなく、突如として江戸詰めを命じられた。

桜之助が婿入りした高瀬家には、爺さまもいる。爺さまをひとり駿河に置いてもおけず、桜之助は単身で本多家江戸上屋敷に住まう身になっている。

「主君伯耆守より、江戸留守居役をおおせつけられてござりまする」

「ほお……留守居役を……」

桜之助には、鉄仙和尚の目が少し光ったように思えた。

不乱坊が小枝を二、三本、囲炉裏にくべる。パチパチッと音がして、乾いた枝が弾けた。

「高瀬さまをつけていた相手を追い払い、やはりよろしゅうございましたな……御留守居役の身で江戸市中で立ち回りをするなど、公儀の耳に入りましては一大事」

和尚は茶碗を楊枝に持ち替え、二切れ目の羊羹に手を伸ばしながら桜之助に告げた。

「しかし面妖でございます……」

「面妖、とは……なにか不思議がございましたかな」

「高瀬さまをつけていた男は、刀の鯉口を……」

「みどもも気配は察(さっ)しておりました……みどもをつけ狙い、斬るつもりであったのでござりましょう。刀の鯉口を切って、いつでも抜けるようにと……」

「いえ、そうではございませぬ」

和尚は桜之助を制して続けた。

「面妖と申すは……男は刀の鯉口も切らずに、ただ高瀬さまのあとをつけていただけだったのでござりますよ」

三

かぁん、と、やや高い鐘の音が聞こえた。

七ツ（午後四時ころ）の鐘だ。

「やっ、これはしたり」

桜之助はかたわらに置いた大小の刀を手にして立ち上がった。

「思わず時を移し申した」

和尚は座したまま、にこにこ顔を桜之助に向ける。

「またいつでもお立ち寄りくだされ……お困りのときにも、のう……」

襲われたときの用心に不乱坊に供をさせようという和尚の申し出を断り、桜之助はひとり増上寺をあとにした。

明日は、江戸留守居役の寄合がある。

「いやはやなんとも……気の重い……」

桜之助は新任の留守居役だ。

どの大名家でも江戸には留守居役がいる。

主君は一年ごとに江戸と領国に住む。

主君が江戸を留守にしている間に屋敷を守る役目が留守居役だ。

留守居役のつとめの大きなところといえば、公儀やほかの大名家との交際だった。

公儀は千代田の城（江戸城）を中心に、先例にならった儀礼と些末な事柄にまで及ぶ細かな手続きによって動いている。

江戸留守居役は主家と公儀との間にはいり、届け出や手続きに疎漏なきよう取りはからわねばならない。

また江戸留守居役同士の交渉事も頻繁だ。

留守居役は互いに連携しておらぬと、なにかにつけ不都合が起こる。

従って江戸留守居役同士で組合をつくり、月次(つきなみ)の寄合の席で親睦(しんぼく)を深めているのだ。

明日は桜之助が新参の留守居役として参加する初めての寄合だ。

留守居役の寄合がどんな様子か、桜之助も耳にしている。

料亭に集まり芸者を侍(はべ)らし、酒を飲んで騒ぐ。

主家のためと称する寄合だが、実質は公金(こうきん)をつかっての飲み食いの場だ。

本多伯耆守には桜之助と同役の江戸留守居役がほかに二人いる。

「新参は古参に逆ろうてはならぬぞ」

「なにごとも、ご無理(むり)ご尤(もっと)も、の心境でおることじゃ」と、二人の同役に言い含められている。

桜之助も、「よろしくお引き回しのほど、お願い申す」と二人に頭を下げ頼みこんでいた。

寄合は、古株(ふるかぶ)の留守居役がはばをきかせるところらしい。

新参者を夜中に遊里(ゆうり)、廓(くるわ)に呼び出して酒席の相手をさせるなど当たり前だという。

古株に気に入られぬとなると、前例を教えてもらえなかったり、交渉事がうまく進まなかったりと、留守居役としての役目に支障がでる。

桜之助は一本気な性質だと自覚している。

「御役目のためだ……つまらぬ言いがかりをつけられぬよう気をつけねば」と覚悟を決めている。

(留守居役の御役目もさることながら……あとひとつの御役目が、のう……)

桜之助には江戸留守居役の役目のほかに、ひそかに申しつけられた役目があった。

友人の大蔵の父で江戸家老の藪谷帯刀さまじきじきの申し渡しだ。

「そなたの前任であった南條采女じゃが……」

「確か急病にて亡くなられたと聞き及んでおります」

帯刀さまはかぶりを振った。

「公儀の手前、病死としてあるが……采女は何者かに斬られて落命いたしたのじゃ」

帯刀さまの口ぶりにはたかぶったところはない。

極めて淡々と、事実のみを桜之助に伝えようとしている。

「采女の死因については殿の耳にも入れてはおらぬ……殿はまだお若くておられるうえに、采女が斬られた理由が明らかではない上は、あくまで通常の死としておかねばならぬ。わかるな」

主君の本多伯耆守さまは幼いころより英明との名が高いが、なんといってもまだ十七歳の若さだ。

桜之助は「はっ」と短く答え、うなずいた。

采女が斬られて落命したという事実は、江戸上屋敷のなかのごく少数の者しか知らぬ。

「江戸留守居役という役目柄、公儀や他家がかかわる面倒事に巻きこまれたやもしれぬ……」

桜之助は采女が斬られた理由を探り出し、主君本多家に累の及ばぬようひそかに処置をせねばならぬ。

「かような重大事を、なぜみどもに……婿入りしてから、まだ日も浅うございまするに」

桜之助の偽らざる気持ちだった。

使命の困難さに臆したわけではないが、場合によっては本多家の存続にもかかわる次第にもなりかねぬ。

「本多家には、代々仕える譜代の家臣衆も数多くいるではございませぬか。なにゆえに、新参のみどもが……」

帯刀さまは桜之助に告げた。

「采女は……奥方が当家にお輿入れの折に本多家に入った家臣のうちのひとりじゃった……」

「なんと……永井家のもの……」

本多伯耆守の正妻、奥方は数という。

伯耆守よりひとつ下だ。

数の父は永井飛騨守。今は永井家は数の兄、永井日向守さまが継いでおられる。

（斬られた采女は、数っぺのところの家来だったのか……）

桜之助の母と数の母は、姉妹同然に育った仲だ。

母親同士が行き来していたために、桜之助と数も幼いころは兄妹のようにして育っている。

「高瀬、頼むぞ」

帯刀さまの声に桜之助は顔を上げた。

（なんだか知らぬが、数っぺが面倒な騒ぎに巻きこまれねばよいが）と気を引き締める。

桜之助は両手を前につき、「はっ」と短く答えた。

春とはいえ日暮れ間近になると風は冷たい。

ぴゅっと一陣の風が桜之助の身体を突き抜けた。

背後から何者かの気配が近づいてくる。

桜之助は左手で腰帯に差した大刀を押さえた。

右手も、すぐにでも帯から大刀を抜けるよう柄に添える。

(江戸の町中で刀を抜く騒ぎは引き起こしとうはないが……やむを得ぬ……)

背後の気配が近づいてきた。

先ほどの薄青色の羽織の男だ。

桜之助は刀の柄を握った右手に、さらに力をこめた。

(相手が抜くまでは……みどもも決して抜かぬ)

だが背後からの気配には、殺気は微塵も混じってはいない。足音だけがひたひたと桜之助を追っている。

足音はいよいよ早くなると、桜之助の左をするりとすり抜けた。

桜之助の鼻の奥に、良い香りが流れこんできた。

「かのものは、いずくに……」

桜之助の耳に、低いがたしかな声が聞こえた。

「ん……かのもの、とは……」

意外な問いかけに桜之助も、声にならぬ声を発する。

桜之助の左を通りぬける薄青羽織は、もう声は発せずに通りすぎる。

滑るような足の運びや、身体の芯がゆるがぬ身のこなしは通常の武芸の修練だけで身についたとは思えぬ。

薄青色の背中はみるみる遠ざかっていく。

「何者じゃ……それに、かのもの……とは……」

桜之助は、真っ黒な泥の渦に引きこまれていく思いにとらわれた。

じっとしていればもちろん、もがいて抗っても重たい泥からは抜けだせぬ。

潮の匂いを含んだ海からの風が桜之助の頬をなでた。

四

寄合は品川の料理屋で行われる。

桜之助が住む本多伯耆守上屋敷がある神田橋門外からは一時（およそ二時間）ほどだろうか。

同役の者からは「そなたは新参ゆえ必ず、遅参はならぬぞ」と強く言い含められている。

寄合は夕刻からだが、桜之助は八ツ半過ぎには屋敷を出た。

外出の折、江戸留守居役には駕籠の使用が許されているが、桜之助は徒歩で品川に向かった。

日参している社に詣でるためだ。

屋敷で使っている飯炊きの権助は、桜之助を見送りながら「御駕籠をお使いなさったらよかんべえに……」とつぶやく。

桜之助にしてみれば、駕籠を待たせて社に参拝などする気にはならなかった。

社は桜之助にとって、田中の里とつながっている、いや、田中の里そのものだった。

小さな祠に手を合わせながら、桜之助は田中の里の風景を思いだした。

田中の城には、円形の堀が三重にめぐらされている。

本丸には天守はなく、二層の物見櫓が建っている。

櫓からは平らかな村々が一望できる。

北西の方角には東海道の藤枝宿がある。

府中（静岡県静岡市）から西へ、難所として知られる宇津ノ谷峠を経て三つ目の宿場だ。

鬱蒼とした街道を抜けて江戸から上方へ向かう旅人は、藤枝までたどりつくと久しぶりにぐるりと開けた風景に包まれる。

少し先には大井川が街道をさえぎっている。

旅人たちが息をいれるには格好の宿場だ。

田中の北には里山がうねうねと続いている。

遠く美濃（主に岐阜県）や信濃（主に長野県）の峻険な山々に連なってはいるが、田中の里山の稜線はやさしくなだらかだ。

山々は田中の北から東に連なり、果ては当目浜（静岡県焼津市）で、すとんと海に落ちている。

海に落ちる山の向こうは用宗を経て府中・駿府の町だ。

今ごろは緑の里山のそこここが、山桜の薄桃色で飾られているのではないか。

江戸生まれの桜之助だが、まるで駿河の田中が故郷のようにも思えていた。

田中に残してきた妻の奈菜は十八になる。

大きなくりくりとした目と、ふっくらとしたかわいらしい頰が桜之助の心によみがえる。

留守居役となって早々に、桜之助は日本橋に足を向けた。

呉服屋で反物をみつくろい、国元に送ってやろうというもくろみだった。

店に足を踏みいれるや大勢の店の者に取り囲まれた。

「御新造さまへのおあつらえでございますか」「御新造はおいくつで」「どのようなお好みで」と矢継ぎ早に問いかけられ、色とりどりの反物を目の前に広げられた。

桜之助は目がくらんだ。

「反物の色や柄など、みどもにはわからぬわ」

とうてい手に合わぬとみきわめをつけ、早々に退散した。

かわりに日本橋の裏筋の小間物屋で目についたかんざしを買って国元に送った。

銀のかんざしだ。

「上品なつくりでございます。お武家さまの御新造さまには、きっとよろしゅうございます」

小間物屋の主は揉み手をしながら桜之助に告げた。

武家の妻をさす『御新造』という言葉が、桜之助にはくすぐったかった。

思いを巡らすうちに、品川の宿場の喧噪が近づいてきた。

この分だと寄合には一番乗りを果たせそうだ。

「いやはや……ひどいありさまじゃ……」

江戸留守居役の寄合の乱れぶりは、桜之助の思い描いていた姿をはるかに凌(しの)いでいた。

新参の桜之助は、裃(かみしも)姿。

三十人ほどの列席者のひとりひとりの前に進み、まるで主君に対するかのような礼をしなければならない。

礼をされた古参はもっともらしい顔つきで「うむ」とうなずき、杯(さかずき)をさす。

桜之助は酒はたいして飲めない。

あらかじめ同じ家中の留守居役が各々(おのおの)に頼みこんでおいてくれたおかげで、杯は真似(まね)事(ごと)だけで済ませてくれる者がほとんどだった。

中には真面目(まじめ)な顔つきで、天下の行く末を案じている者たちもいる。

「諸国で民による打ち壊しが多いようでございますな」

「さよう……なんでも京(きょう)や大坂(おおさか)でも打ち壊しがあった由(よし)……」

「天下の台所で打ち壊しとは、おだやかではございませぬな」

「西国(さいごく)では長雨、また東国(とうごく)では昨年の夏はひどく涼しゅうござったゆえ、作物の出来も案じられるところでございますな」

また桜之助が知らなかった話をぼそぼそと小声でしている者たちもいた。

「主殿頭(とものかみ)さまが……」

主殿頭さまとは、今の御政道を支配しておられる老中田沼主殿頭意次さまだ。

御政道の本筋は、天下をあまねく潤わすにある、という信念をお持ちの方といわれている。

商業の振興に心を砕いておられる一方で、ご自身も賂、賄賂の受領をためらわぬとも聞いている。

桜之助の住む本多伯耆守さま上屋敷に近い、神田橋御門内の田沼さまの屋敷には、あきんどのみならず頼みごとをする旗本や諸大名が進物をたずさえて日参しているという噂だ。

本多伯耆守さまに仕える身の桜之助は、天下の御政道についての非難がましい意見はもちあわせてはいない。

ただ田沼さまについては、いささか行き過ぎではないかと思うところもないではなかった。

天下は征夷大将軍たる公方さまのもと、武士は武士らしく、農民は農民らしくあることで保たれているはずだ。

このところは、何事によらずよろず金、金の風潮だ。

農民が汗水流して作る作物も、職人が腕をふるってこしらえる品々も、すべて商人のもとに集められ、価値が金に換えられる。

　まるで御政道は金儲けのためにあるといわんばかりの風潮だ。

　田沼さまについての噂は、まだ続いている。

「主殿頭さまは、下総（主に千葉県北部）の印旛沼の干拓をもくろんでおられるとの話……」

「それでござる。『天下普請』と称して、莫大な費用が我らにも割り当てられでもいたせば一大事……」

　公儀の大事業に際しては、諸国の大名にたいして費用が割り当てられる場合が多い。巨額な割り当てのために、財政を大きく傾かせる大名家は多い。江戸留守居役の間でも大きな関心事になっているようだ。

　桜之助は印旛沼干拓についての噂話に、身を乗りだして聞き耳をたてる。

「なにしろ主殿頭さま親子は印旛沼の干拓に大いに心を寄せておられるからのう」

「親子と申せば、ご子息の山城守さまは、芝居好きの道楽者の由」

「また酒席好き。親の威光をかさにきた、なんとか息子……」

「これ、いやしくも今を時めく田沼山城守さまを馬鹿息子とはなんたる言い草」

「みどもは馬鹿息子などとは言っておらぬぞ、馬鹿と言ったはおぬしのほうじゃ、はは

「はは……」

戯言にまぎらせながら田沼父子への誹謗も飛びだした。

桜之助は周囲の話を聞きながら考える。

（金への執着もたいがいにしていただかなくては……いずれにせよ、田沼さま父子に目をつけられ、干拓の割り当てなどをされては一大事じゃ……江戸留守居役衆とはせいぜいよしみを通じておいて、備えねばならぬ……）

桜之助の考えは、周囲をはばからぬ大声で破られた。

「さっ、新参の……名は何と申したかの……はっはっは……ま、一献まいろう」

寄合の最古参という色の黒い年寄りだ。

最初から桜之助に、意地の悪そうな目を向けていた。

色黒の侍は、桜之助の杯に酒をなみなみと注ぐ。

桜之助は、（もうみどもの名も忘れたのか。無礼な……）と思ったが、「ご無理ご尤も、じゃ」という教えを思い出す。

桜之助は意を決して杯を飲み干した。

色黒の侍は、「良い飲みっぷりじゃ。さ、もう一献」とさらに酒を強いる。

「いえ、みどもは至って不調法……粗相があってはなりませぬゆえ」という桜之助に、色黒の侍はいっそうかさにかかる。

「なんのこれしきが飲めぬ話がござろうか……ささ」と、桜之助を責めたてる。

桜之助の難渋を笑い、不揃いな黄色い歯を口元からのぞかせている。

なんとも汚ならしい顔だ。

桜之助の隣に連なる者は親切だった。

「高瀬殿、なにを座におさまっておられる。新参者は、あとひとめぐり挨拶を済ませるものじゃ」と、桜之助を叱る形で助け船を出してくれた。

「はっ、これは至らぬことでございました。では……」

助けられた桜之助は、言葉をしおに座を立った。

よきほどに挨拶を済ませ、桜之助はふたたび末席に落ち着く。

座はすでにかなり乱れている。

酔った者同士が口論を始めている。

御役目のうえの諍いだろうかと思ったが、口論のきっかけはなんと相撲だ。

小野川と谷風という『古今無双』と評判のふたりのどちらが強いかという言い合いだ。

また別のところでは、口元を扇子で隠したふたりが、薄気味の悪い笑いを浮かべながら話をしている。

「市村の芝居は、暮れの顔見世の不始末でとうとう幕が開かぬそうな……」

「この春は中村座の『三升曾我』を見るよりほかはござらぬのう」

どうやら芝居の噂、しかも菊之丞やら半四郎やらという名が聞こえるところは女形の噂だ。

ふたりとも酒の酔いで目元をうっすらと赤く染めている。

思い浮かべた女形の艶姿に陶然となっているかのようだ。

さらにはひとり立ち上がって、刀を鞘のまま振り回している。

毎度の酒乱らしく、鞘のままとはいえ危なっかしい。何人かがかりで刀を取り上げ、かわりに下女に命じて持ってこさせた座敷箒を渡している。

男は受けとった座敷箒を振り回し続けた。

桜之助はあきれかえった。

(これでは、田沼さまだけを悪く言うわけにはいかぬのではないか……)

桜之助の前には贅沢な料理が並んでいる。

足付きの膳が三つも供せられている。

吸い物は鯛。

ほかには鱈の子と昆布の和えものに、みる貝やばか貝の煮物、旨そうな醤油色に染まった里芋などが並んでいる。

酒は弱いが食いしん坊の桜之助だ。旨そうな料理を前にすると知らず知らずのうちに顔がゆるんでくるが、新参の身の上で膳に箸をのばすなどは、さすがにはばかられる。

またこんな騒ぎのなかでは、せっかくの料理の味もわからないだろう。

「さ、一献まいろうぞ」

いつの間にか意地の悪い色黒の侍がふたたび桜之助の前に来ていた。

さきほどはうまく切り抜けたが、今度はのがさぬぞ、といわんばかりの態度だ。

桜之助はやむなく杯を受ける。

色黒の侍は、蛇のような小さく丸い目で桜之助の動作をじっと見守っている。

色が黒いのでわからないが、どうやらかなり酩酊しているようだ。

「貴公の前任の、それ、何と申したかの……そうそう南條采女殿……突然にお気の毒でござったのう……」

桜之助はだまって頭を下げる。

色黒の侍は、「いや、江戸留守居役たる者が頓死とは……ははは、伯耆守さま御家中も先が思いやられますのう」と殊更に大きく溜息をつきながら憎々しげに言い捨てた。

口をゆがめて笑うと、あいかわらず汚らしい黄色い歯がのぞく。

桜之助は半年ほど前に伯耆守家中となったばかりだが、主家を誹(そし)られては良い心持ちはしない。

また武士の法としては捨て置けぬ雑言だ。

刀にかけても詫びさせねばおさまらぬところではあろうが、なにしろ酒席だ。

また古参には、「ご無理ご尤も」でという教えもある。

桜之助はぎゅっと口を結んだまま相手にしなかった。

酔漢(すいかん)の戯言と聞き流そうと心に決めた。

桜之助が挑発に乗ってこないとみるや、色黒の侍はさらにかさにかかって雑言を重ねた。

「そうそう、伯耆守殿も奥方を実家(さと)にお返しあそばされたとか……」

桜之助の身体がいちどに熱くなった。

血が瞬時に沸きたったかのようだ。

色黒の侍は桜之助の変化には気づかぬのか、同じくねちねちとした口調で続ける。

「まだ嫁(とつ)がれて間もない奥方と聞くが……はてさて、よほど至らぬ奥方でもあったのかのう……」

桜之助の目に、子供のころの数っぺの顔が浮かんだ。

「桜之助さま……」と呼ばわりながら、よちよちと追いかけてくるあどけない姿。

桜之助が邪険に逃げ回ると転んで、すぐにべそをかいていた。

色黒の侍は、黙ったままの桜之助にさらに続けた。

「至らぬなかでも、とりわけ夜が、ではござらぬかの……」

下卑たあてこすりだ。

桜之助の耳の奥で、何かが弾ける音が鳴った。

「許せぬ」

左手で脇に置いた大刀の鞘をつかむ。

同時に右膝を立て、右手を大刀の柄にかける。

刀を抜き放ち、目の前の色黒の侍を一刀両断に切り捨てる……はずだった。

「んん……」

桜之助の左隣から倒れこんだ者がいる。

桜之助は片膝を立てた体勢の平衡を失い、ぐらりとよろけた。

桜之助は顔を左隣に向けた。

五

桜之助の左隣には、六十歳ほどと見える老人が座を占めていた。

桑名（くわな）十万石、松平下総守忠啓（しもうさのかみただひら）さまの家中、服部内記（はっとりないき）と名乗っていた。

内記も酒を過ごしたのだろうか、座したままよろめき桜之助にもたれかかる形になってしまったのだ。

「ご老人、御免（ごめん）」

桜之助は内記を突き放し、なおも刀を抜こうと試みる。

目の前の色黒の侍は、桜之助の勢いに驚いて腰が抜けたのだろうか、片手を前に突き出した姿のまま立ち上がれず、ガタガタと震えている。

内記も桜之助にもたれかかったままもぞもぞと身体を動かし、体勢を立て直そうとつとめてはいるものの、年齢のせいか酒のせいか、思うにまかせぬ様子だ。

「ええい、ご老人……邪魔な……」

焦った桜之助に突き放されても、内記はかえって桜之助の袖をつかんで離れない。

「め、め、面目（めんぼく）もござらぬ……酔うてしもうて……お許しくだされ」

内記は呂律（ろれつ）が回らぬ口で桜之助に詫びる。

普段は身だしなみの整った武士なのだろう。桜之助にまとわりつく内記の羽織からは焚きこめた香の匂いすらただよっている。

座敷の端から笑い声に交じって声がとんだ。

「ご老人、ちと酒を過ごしましたな」

「新参の高瀬殿が、ずいぶんとお気に召したと見える」

周囲の者たちには、桜之助におびえる色黒の侍の姿は目に入らないようだ。

ただただ、もつれ合っている桜之助と内記の姿だけが滑稽に見えるのだろう。

手を打って笑い転げている者もいる。

桜之助の身体のうちに沸きたっていた怒りの血も、すっとさめた。

桜之助は立てた片膝を収める。

なおもくどくどと詫びている内記に会釈をすると、箸を取り上げ、目の前の膳に伸ばした。

寄合の席で初めて箸を手に取り、鮒の甘露煮を頭からかじる。

桜之助の目の前で腰を抜かしている色黒の侍の袴の前は、黒く濡れている。

斬られると思い、小便を漏らしたようだ。

(ふん……つまらぬ奴だ……)

桜之助は二つ目の鮒の甘露煮を噛みながら色黒の侍を横目で見る。
甘味と苦味が混じって桜之助の口の中に広がる。
色黒の侍は腰を抜かしたまま、這いつくばって桜之助の前から逃げていった。
品川の料亭を出たときは、もう宵五ツ（午後八時ころ）をとおに過ぎていた。
一座は思い思いの方角に散っていく。
品川の遊郭に繰り出して遊ぼうと連れだって行く者たちもいる。
どの家中でも江戸上屋敷の門限は厳格だが、留守居役に限ってはやかましくはない。
寄合を口実に羽をのばそうという魂胆だろう。
麻布の方角に屋敷のあるものたちは、北へ向かう。
桜之助は神田橋門外の屋敷に戻ろうと東へ足を向けた。
左右の肩をとがらせた裃を着けていると身体中がこわばる思いだ。
桜之助は料亭を出がけに裃をはずし、黒羽織に着替えた。
寄合は聞きしに勝る有様だった。
（かような寄合に、月に三度も顔を出さねばならぬのか……）
全く気が重い。
（ただ料理は旨かった……）

妻の奈菜は、生まれてから駿河の田中から一歩も出ていないという。

「江戸は、よいところでございましょうね」と桜之助にうらやましそうな顔で訴えていた。

御役目を無事に果たしたら、高瀬の爺さまと奈菜を江戸に呼び寄せてやりたいとも思う。


田中では、意外に魚が旨かった。

城之腰、鰯ヶ島といった浜にあがる魚が田中の城下にも届くのだ。

「婿殿、ご禁制の料理ゆえ、内密にじゃぞ……」と高瀬の爺さまが奈菜に調えさせた小魚の揚げ物は、格別に美味だった。

「小鯛のてんぽうらじゃ」

有度（静岡県静岡市清水区）の沖で獲れる小鯛を榧の油で揚げた料理だ。

その昔、天下平定を果たした神君家康公が鷹狩りを催し、田中の城で豪商の茶屋四郎次郎に作らせて食したという。

家康公は直後に倒れられ、亡くなられた。てんぽうらにあたったとみられる。

それ以来、小鯛の揚げ物は田中では禁制とされている、という話だ。

「江戸で売れば流行(はや)るじゃろうに……神君が食した小鯛の天麩羅(てんぷら)、かぁ……榧の油はいかにも田舎じみている。胡麻(ごま)の油で、さらに香りよく揚げたらどうじゃ……」

とりとめもなく思い返しながら歩く桜之助の目に、前をゆく侍の姿が映った。

寄合で隣に座っていた年寄り、服部内記だ。

まだ酔っているのか、足元はよろよろとおぼつかない。

内記は北八丁堀(きたはっちょうぼり)桑名の上屋敷に戻るのだろう。桜之助と同じ方角だ。

必要なら肩を貸してやろうと、桜之助は足を早めた。

内記は気持ちよさげに謡(うた)っている。

「不思議やなこの車の　ゆるぎ廻りて今までは　足弱車と見えつるが　牛も無く人も引かぬにやすやすと遣(や)りかけて飛ぶ　車とぞなりにける……」

桜之助も幼少のころから武士のたしなみとして謡(うたい)を習わされていた。

内記が謡っている曲は、たしか『車僧(くるまぞう)』だ。

昌平黌(しょうへいこう)での学問はもとより、無理矢理に習わされた謡や茶の湯など、桜之助は大の苦手だった。なにかと口実をもうけては、稽古から逃れようとした。

剣術も同じだ。

ようやく稽古用の竹刀(しない)ほどの背丈に達したかというほど小さい桜之助に、兄たち年長の者は遠慮なく打ちこんでくる。

桜之助は剣術も大嫌いだったが、学問や謡、茶の湯の稽古とは異なるところがあった。

厭々（いやいや）ながら続けていた剣術だが、桜之助の腕前はいつのまにか道場一になっていたのだ。

田中に婿入りした矢先に若侍たちに手荒い洗礼を受けようとしたときにも、逆に皆を打ち伏せている。

「行くか行かぬか此原の　草の小車　雨そへて　打てども行かず　止むれば進む此車の……」

前をゆく内記の謡が続いている。なんとも呑気な様子だ。

その刹那（せつな）……

ビュッ、という音とともに斬りこんできた者を、桜之助は体をよじってかわした。

同時に相手の腕前も見切った。

大刀を抜くほどでもない。

身のこなしも素早さも、先日、桜之助のあとをつけてきた薄青色の羽織の男とは比べものにならぬほど鈍い。

桜之助は袢をくるんだ風呂敷（ふろしき）包みを投げ捨てると、腰に差していた大刀を鞘ごと抜いた。

敵は黒覆面を着けている。

地にすれすれに刀を這わし、身も低くして桜之助の様子をうかがっている。

桜之助は黒塗りの鞘の先をまっすぐに、青眼の構えを敵に向けた。

地に這いつくばるようにして構えた敵は、唸るような声で桜之助に告げた。

「かのものを渡せ……渡さばよし、渡さねば……」

また、『かのもの』だ。

桜之助は黒鞘の先をおろした。

「人違いでござろう。『かのもの』とは何のことやら、みどもにはわから……」

言いさした桜之助にわずかな隙ができたのか、敵は身を低めた体勢からひと跳びに、桜之助の懐をめがけてきた。

あやうく身はかわしたものの、敵の刃が黒羽織の左袖をかすめた。

左袖がだらりと下がる。

黒羽織は桜之助が高瀬家に婿に入る折に、次兄から餞別として贈られた品だ。

次兄は実家の谷家でいまだ部屋住みを続けている。弟の桜之助が兄を差し置いて身を固めた形になる。

部屋住みで日々の小遣い銭にも苦労している次兄がくれた黒羽織を切られ、桜之助の体内の血がいちどきに沸きたった。

「せっかく兄上がくだされたものを……よくも……」

桜之助は黒羽織を脱ぎ捨てた。

先ほどは不覚をとったが、抜き身を用いる必要があるとは思えない。

桜之助は跳び去った敵に体を向けた。

再び青眼に構えた黒鞘の先で敵をとらえる。

桜之助の心に、駿河の田中に残してきた妻の奈菜の顔が浮かんだ。

奈菜は心配そうな目を桜之助に向けている。

(案ずるでない……腕前はみどもの相手ではない。それにみどもも、手荒い真似はいたさぬ。追い払うだけじゃ……)

桜之助は心のなかの奈菜に告げた。

先日の薄青羽織の男は、桜之助が『かのもの』を知っているか、所持しているかを確かめようとしただけだったが、目の前の敵は違う。

桜之助が『かのもの』を持っていると信じ、腕ずくで奪おうとしている。

敵は「ううう……」と呻く。

低く構えた身体を右へ左へと揺らすが、桜之助は黒鞘の先で敵をしかと押し留(とど)めている。

桜之助が敵と対峙している外の闇から声が響いた。

喉をつぶしたような、ひどくしわがれた声だ。

「そこまで。引けぃッ」

声に弾かれるようにして相手は背後の闇へと飛び去った。

桜之助は二歩三歩と後を追ったが、すでに人の気配はない。

桜之助は大きく息をつきながら、黒鞘の大刀を左腰に収めた。

「眩惑(げんわく)すれども騒がばこそ　真に奇特(きどく)の車僧(くるまぞう)かな　あら貴(とうと)や恐ろしやと　魔障(ましょう)を和(やわ)らげ
大天狗(だいてんぐ)は　合掌(がっしょう)してこそ失(う)せにけれ」

前方から謡が聞こえる。

服部内記の声だ。

内記は桜之助と敵との一部始終を見ていたのだろうか。

「高瀬桜之助殿……」

内記は桜之助を呼んだ。

「年寄りの生酔(なまよ)いゆえ足元が覚束(おぼつか)ぬ……御同行(ごどうこう)願えぬかのう」

何ごともなかったかのような呑気な声だ。

桜之助の沸きたった血も元のごとくに冷えている。

あわや斬り合いになろうかという騒ぎも、現とは思えない。

「幻であったのか……」

桜之助は内記に応じた。

「はっ……下総守さまのお屋敷は、たしか八丁堀でございましたな……」

「かたじけない。御同行願おう」

桜之助は内記と並んで歩き始めた。

内記は小柄な老人だ。背丈は桜之助の肩ほどまでしかない。

背丈は低いが腰や背筋はしゃんと伸びている。

羽織に隠れてしかとはわからぬが、胸や肩のあたりの肉付きからすれば、よほど鍛錬が行き届いている様子だ。

「高瀬殿は、剣術の御流儀は……」

やはり内記は先ほどの一部始終を見ていたのだ。

「下谷練塀小路、中西忠蔵先生のもと、一刀流を修めてございまする」

内記は剣術好きの老人なのかも知れない。

桜之助の苦手な剣術談義など始められてはやっかいだ。

桜之助はすぐに、「道場には、兄たちについて通っておっただけでございまする……稽古帰りに買う（こ）てもらえる白玉餡（しらたまあん）が楽しみで……」と付け加えた。

言ってから桜之助は（年寄り相手につまらぬことを申した）と悔やんだが、内記は意に介（かい）する様子はない。

ただ少し目を細めただけだった。笑ったようだ。

内記は続けた。

「先ほどの曲者（くせもの）……高瀬殿から何かを奪おうとしていたようじゃったが、心当たりはおありかな」

内記の問いに、桜之助は答えた。

「それでございます。みどもには、いっかな心当たりはございませぬので……『かのもの』とは何のことやら……ただ人違いにしては、ちと念のいりすぎた話でございます」

内記が細めていた目がさらに細くなった。

糸のような目の端は、桜之助の顔をとらえている。

「心当たりはござらぬ、と……真実（まこと）でございますな……」

桜之助には、内記の細めた目が光ったように見えた。

　その目は、今度は笑ってはいなかった。

六

　翌日、桜之助は出がけに裃の用意をさせた。

　飯炊きの権助は裃に折り目をつけるために急いで鏝をあてる。

「そんだだ事ぁ、早くに言ってもらわねえと困る」とぶつくさ言っている。「いつものお社に参るだけなら、裃は要らなかんべぇ」

　桜之助は苦笑しながら権助に詫びた。

「いや……寄っていくところもあってのう……どのような出で立ちがふさわしいか、考えあぐねておったのじゃよ」

　桜之助は昨日と同じく、神田橋門外から日本橋にでて西に向かった。

　永井日向守さまの中屋敷は、木挽町（東京都中央区築地一丁目）にある。

　子供のころには、数寄屋橋門内（東京都中央区有楽町一丁目）の永井家の上屋敷には、母に連れられて何度も足を運んだ。

数寄屋橋の永井家上屋敷は『泣き味噌の数っぺ』をからかって遊ぶところだった。

桜之助より五歳年下の数は、兄たちや桜之助にかまってもらいたそうに、よちよちと後を追いかけてきた。

桜之助たちは、屋敷のなかの池の飛び石を跳んで遊ぶ。

「数っぺは、あとから真似をして跳び損ねて池に落ち……大騒ぎになった」全身ずぶ濡れになった数は顔を上に向け、「桜之助さまぁ……」とおいおい泣いた。

「みどもが悪いわけではないのに、母上からは大目玉をくらったぞ」

数は今では実家の永井家の上屋敷ではなく中屋敷にいる。

『泣き味噌の数っぺ』としてではない。

桜之助の主君、本多伯耆守さまの奥方としてだ。

数とはもう何年も会っていない。

しかも主君の奥方としての対面だ。

桜之助はどんな顔をしてよいものやら見当もつかぬ。

着ていく衣類も、果たしてどのようにしたものかと思いあぐねた。

「奥方のお呼び立てにより、永井家上屋敷内のしかるべき間に参上するのであれば、迷いもせずに裃付きじゃが……こたびは永井家の中屋敷へのお呼び立てだ。同じご実家でも上屋敷なら表向きの御用じゃが、中屋敷となると、裃ではいささか堅苦しゅうはないか……」

桜之助は、念のために裃も携えていこうと決めた。

木挽町のあと、夕刻には本所へ出向く用事もある。

昨夜、送っていった服部内記からの誘いを受けたのだ。

「みども知るべの者たちの集まりでな……いや、今宵の寄合のようにやかましい集まりではござらぬよ」

江戸留守居役は多くの知己、知り合いを得る必要があると聞かされている。

桜之助は喜んで内記の誘いを受けた。

やかましい集まりではない、とはいうが油断は禁物だ。こちらにも新参者として裃の用意だけはしておいたほうがよい。

いつもの社への参詣をすませ、日本橋から木挽町へ向かう。

前方の高いところに築地本願寺の屋根が見える。

往来では町家のおかみさんたちが立ち話をしている。

「上方じゃ、年が明けてからずっと雨だっていうじゃねえか」

「上方ばかりじゃねえ、越前や越中越後もサ」

「なんだか気味が悪いねェ……うちのじいさんもいってたヨ、『春に長雨が続くと夏は寒い。夏が寒いと米ができねえ』って」

「江戸は気楽でいいヨ。なにしろれいこが……」と言いながら、ひとりのおかみさんが親指を上に向けて立てた。

「豪気に贅沢だからねェ」

また別なおかみさんの声も聞こえる。

「れいこの息子も、輪をかけたナニだから、サ」

話の輪からどっと笑いが沸きおこった。

現在の公方さま（十代将軍　徳川家治）は、名君とうたわれた有徳院さま（八代将軍徳川吉宗）の御孫にあたる。

幼名も神君（徳川家康）の幼名、竹千代をいただくほどで明敏を期待されていた。将軍となられてからは、いささか気の緩みやお疲れもあるのだろうか。側用人の田沼主殿頭意次さまが実権を握っている。

田沼さまは平気で賂を取るなど、とかくの噂のある人物だが、公儀にあって老中として権勢をふるっている。

『れいこの息子』とは、あきらかに田沼さまのご子息、山城守さまだろう。

「町家の者たちに嘲笑されるとは……武家たるものの面目が立たぬではないか……今の田沼さまの世の風潮は、好かぬ」

路地の奥から、大勢が唱える念仏の声も聞こえる。

集まった者たちが輪になって、長い数珠を順送りしながら念仏を唱える百万遍の念仏講だ。

また商家の門口などにはまじないを施したりお札を売ったりする行者や、霊を呼びよせて占いをするという市子の女の姿も目につく。

なかには霊験あらたかという評判のものもあるが、桜之助の目にはたいていは怪しい。

「しかしみどもとて、日本橋の社には願をかけておったわ……」

人知の及ばぬ不思議な力をたのみにしようという心は、誰もがもっている。

桜之助は我が身を振り返って笑った。

永井家中屋敷で門番に案内を請うと、年配の用人が応対をしてくれる。

すぐに奥から、桜之助も見知っている老女が出てきた。数に幼いころから付き従っている侍女だ。

「まあまあ桜之……いえ、高瀬さま、でしたのう……ご立派になられて……」と惚れ惚れしたような目で桜之助を迎えた老女は、「ささ、お嬢さまがお待ちかねにございます」といざなう。

本多伯耆守の奥方となっても、老女にとっては数はいつまでも『お嬢さま』なのだろう。

桜之助は、はやる老女を引き留めて小声で訊ねた。

「お目通り(めどお)りの前にどこか部屋をお貸し願いたい……裃を着用致しますので」

桜之助の頼みを聞いた老女は顔を上げた。

目を大きく見開き、心底驚いた顔つきだ。

「まああまあ……」

しばらく二の句もつげぬ様子だった老女は、目を見開いたまま桜之助に告げた。

叱りつけるような口調だった。

「裃など無用にござりまする……かような堅苦しいお姿の桜之助さまをご覧あそばしたら、お嬢さまはどんなにお悲しみになりますことか」

桜之助は広間へ通された。

中屋敷ではあっても、謁見などに使えるよう一段高い御座(ござ)がしつらえられている。

(やはり裃を着(ちゃく)すべきだったのではないか……)

桜之助は黒羽織の裾を引っぱりながら悔やんだ。

御座へ通じる廊下から、さやさやと裾を引きずる音が聞こえた。

桜之助は平伏した。

主君の奥方への拝謁は初めてだ。

さやさやという音が近づいてくる。

かなり早い。藪の中を逃げてゆく蛇の立てる音のようだ。

桜之助は幼いころを思い出した。

永井家の上屋敷の庭で、蛇の尻尾を持って振り回しながら数を追いかけた記憶だ。

数が顔を真っ赤にしてわあわあ泣くさまが面白かった。

が、分別のない幼少のころとはいっても、さて気の毒なことをした、と思わずにはいられない。

数の泣き顔が思い浮かび、桜之助は吹き出しかけた。

裾音(すそおと)がやみ、かわりによい香りが広間に漂った。

平伏している桜之助の頭の先に静かな気配が落ち着いた。

桜之助は平伏したまま声を張り上げた。

「家中、江戸留守居役、高瀬桜之助にございまする。本日はお召しにより参上つかまつりました」

御座から涼しげな声が響いた。

「桜之助さま……」

老女が慌てて低い声でたしなめる。

「これ、お嬢さま、もう童のころとは違いまする……家中の高瀬、にございまするぞ」

「かまわぬ」

涼しげで、なにごとでもないとでもいうかのような声だ。

桜之助は顔を上げた。

御座はまぶしかった。

数の顔だちは、雛人形のようだ。

御座のお雛さまは、にこにこと輝く笑顔を桜之助に向けていた。

桜之助もつられて頬をゆるめた。

いちだんと声を張りあげ、挨拶をする。

「奥方にはご機嫌うるわしゅう拝察いたし、恐悦至極にございまする」

数はしかつめらしい顔をつくり、「うむ」と頷く。

暗黙のうちに始まった芝居がかったやりとりに、桜之助も数も同時にあらためて笑った。

「多忙とは聞き及んではおりますが、しばし話し相手になってたもれ」

「御意」

桜之助は目の前の数をあらためて眺めた。

鬢を左右に張り出させた大垂髪は、いかにも武家の奥方らしい。

子供だったお雛さまが、いっそう美しくなっている。

数はいぶかしげな声で桜之助に訊ねた。

「数の顔に、何かついておりますか」

不意をつかれ、桜之助は慌てた。

「いや、何でござる……あの、ずいぶんとお美しくなられたと存じまして……」

言い終わって桜之助は「しまった」とほぞをかんだ。

主君の奥方に向かって「美しくなった」など、口にするも恐ろしい。

数は再び笑った。

数が笑うたびに、御座が輝いて見える。

「それは幼きころ、乱暴者に突き落とされた池の水で洗われたのでございましょうよ」

数は老女に「のう」と同意を求める。

老女も袖を口に当てて笑った。

桜之助は口から出かかった言葉をのみこんだ。

（みどもが突き落としたのではない、数が飛び石を渡り損ねたのじゃ……）

代わりに桜之助は恐縮したしるしを見せるかのように、懐紙で額をぬぐった。

桜之助は思った。

（主君……本多伯耆守さまは、なにゆえ数のような美しい奥方を遠ざけるのだろうか）

主君と奥方との不仲は家中で知らぬものはいない。

数は夫の伯耆守さまの不興を買い、実家の永井家に帰されたというもっぱらの噂だ。

桜之助は伯耆守さまには目通りの折にいちどだけ拝謁しただけだ。

まだ数よりひとつ年上の十七歳の若さながら、『目から鼻』といわれる才気をうたわれている。

駿河の田中四万石という小国から、ゆくゆくは公儀で枢要の地位、若年寄から末は老中にまですすむと期待されている人物だ。

御座遠くから拝謁しただけに過ぎないが、つるんとした、癇の強そうな顔立ちだ。

（冷たいお人柄のようでもあった……）

ご出世は結構だが数を悲しませている張本人かと思うと、桜之助は伯耆守さまに対しては主君である以上の敬意や親愛の念はいだけないでいる。

数は桜之助を容易に放そうとはしなかった。

けらけらと美しい笑い声で喉を鳴らしながら、子供の時分の思い出を語り出して止まらない。

思い出話がひとしきりすむと、今度は領国の駿河田中について桜之助に訊ねる。

大名の奥方は、公儀お膝元の江戸に留め置かれる。

数も夫の領国に足を踏み入れてはいない。

「田中から富士のお山は見えますのか」

「いいえ。田中からは見えませぬ。ただ田中から二里ほど……益津（静岡県焼津市）の高草山に登りますと、東の方にくっきりと見えまする。有度の海（駿河湾）越しの富士は、また格別にございますぞ」

「海の向こうに富士……江戸ではかなわぬ眺めじゃの」

数は思い出したように桜之助に告げた。

「そうそう……いつぞや高瀬の爺が参っての……」

「みどもの義祖父、甚兵衛でございまするか」

高瀬の爺さまが、数の前でいらぬ話をせねばよいが、と内心でつぶやく。

数は、さもおかしそうな声で続けた。

「爺は、『このたび孫娘に三国一の婿を取り申した』とさんざん自慢して帰りやった」

数は笑いを含んだ目を桜之助に向けた。

「桜之助さまの御新造は、『田中小町』と呼ばれる方とか……さぞお美しゅうございましょうのう……」

数の目に、笑みに加えて濡れたような艶が加わった。

「いや滅相もない……とんだお多福で……」

ついくだけた口調で桜之助も応じる。

とたんに、桜之助の脳裏に妻の奈菜の顔が浮かんだ。

「旦那さま、今、なんとおっしゃいましたか。お多福とは、いったい誰のことでございますか」

奈菜は頬を膨らませ、口を少しとがらせた顔で桜之助をとがめている。

数は侍女に命じ、居室から菓子を持ってこさせた。

饅頭、煎餅、餅……江戸中の銘菓が次々に桜之助の前に運ばれてくる。

「田中の御新造に……」

桜之助は両手をつき、頭を下げた。

「奥方からのくだされもの、ありがたく頂戴いたしまする……家内も喜ぶことと存じまする」

老女が菓子を下げ、駿河に送る手配をしてくれる。

桜之助は数に訊ねた。

「しかし奥方は、かように菓子好きでございましたか」

数はお雛さまのような顔を少しうつむかせた。

数の顔に寂しそうな影ができる。

「菓子は殿が……毎日のように送り届けてくださいまする……」

不仲を噂されながらも、一方で伯耆守さまは数を気にかけ続けているのだろうか。

数はうつむかせた顔を上げ、桜之助の顔を正面から見据えた。

笑みは浮かんでいない。

お雛さまのような美しい顔が、きっ、と引き締まっている。

「殿はよい方でございます……桜之助さま、殿を……殿をお頼み申します……」

七

八ツ（午後二時ころ）過ぎになって桜之助は数のもとを辞した。

数の顔が寂しげにくもる。

桜之助を見送りに立ってくれた老女は深々と頭を下げた。

「お笑いになるお嬢さまは久方ぶりでございます……またお越しくださいませ」

老女は数が元気を取り戻した様子にほっとした顔をみせていた。

「永井家から召し連れた南條采女さまが、突然にお亡くなりに……いえ、お嬢さまの近習ではございませぬゆえ、どのようなお人柄かも存じませぬが、それでも心細うて……

……」

中屋敷の長い廊下のむこうから、なにやら声が聞こえてきた。

「西海四海の合戦というとも　影身を離れず　弓矢の力を添え守るべし　頼めや頼めと夕陰暗き　頼めや頼めと夕陰暗き鞍馬の梢にかけって　失せにけり」

謡だ。

ただし朗々とした声、というより、いささか間延びした謡い方と言わざるを得ない。

桜之助の目の前に、馬面で気のよさそうな男の姿が思い浮かぶ。

「叔父御だ」

永井左馬之介は、数の父の弟だ。

永井家のような大名であっても、長男ではない男子となると身の立て方はむつかしい。他家に養子にゆくか婿に入りでもしなければ、生涯を屋敷にあてがわれた部屋で起居するだけの不自由な身の上でおくらねばならない。

桜之助の次兄同様、『部屋住み』の身の上だ。

左馬之介は不運にも良縁に恵まれなかった。

数の父、永井日向守の屋敷で日々を暮らす運命だった。

ひょうひょうとした人柄で、子供のころの数や桜之助の遊び相手をしてくれたりもした心やさしい人物だ。

桜之助も数にならって「叔父御、叔父御」とまとわりついた思い出がある。

「左馬之介さまは、お嬢さまの兄上が家督を相続された折に、上屋敷からこちらにお移りになったのでございます」と老女は教えてくれた。

「あいかわらず謡がお好きとみえますな」

「はい。近ごろでも熱心に、高名(こうめい)な太夫(たゆう)を招いてお稽古もなさっております……そうそう、亡くなった南條采女さまも左馬之介さまとはお親しく、よく遊びにお越しになっておりました」

「叔父御殿……懐かしゅうございます。お目通りがかないましょうかな」

老女はにっこりとした顔で請け合ってくれた。

「それは左馬之介さまも、お喜びと存じます。さ、さ、こちらへ」

老女は桜之助を叔父御の居室に案内してくれた。

「これはこれは……桜之助殿か……久しいのう……いや、立派になられたものじゃ」

叔父御は馬面を崩して笑いながら桜之助を迎えてくれた。

十数年ぶりだ。

叔父御はもう六十歳に手が届くはずだが、十数年前とさして変わっていない。

左右の鬢（びん）に白髪が混じったところをのぞけば、子供のころの桜之助や数の相手をしてくれたときのままだ。

顎に無精髭（ぶしょうひげ）をぽつぽつと生やしたところも変わらない。

（ただすがに、無精髭にも白いものが混じっておるわ……）と桜之助は見てとった。

葡萄茶（えびちゃ）色の着物も以前と同じだ。

「葡萄茶は汚れが目立たぬゆえ、都合がよいのじゃ」と子供のころの桜之助に真顔で言って聞かせていた口ぶりも耳の奥でよみがえる。

「叔父御も、ご健勝でなによりにございます」

「いや、わしなどは健勝もなにも……相も変わらず部屋住みの身でのう……ははは、気楽なものじゃ」

叔父御は自嘲するが、卑下しているようには聞こえない。

悪びれずあっけらかんとした様子がすがすがしい。

「桜之助殿は数の嫁ぎ先、駿河の田中、伯耆守殿の御家中に入られたと聞いたが……」

「はい。この春より、江戸留守居役をおおせつかっております」

「江戸留守居役とは、また大役じゃの。してみると先日みまかった南條釆女殿の……」

「後任にございます」

「さようか」

叔父御は何度も深くうなずき、目を閉じた。

「釆女殿もわしと同じく謡が好きでの……数に従うて伯耆守殿家中に入ってのちも、よう遊びに来てくれておった……突然の死には驚いたわ。急な病でござったのか」

さすがに叔父御には、家中の秘事は伝えられぬ。

「みどもも詳しゅうは存じませぬが……」

「さようか」

部屋の外から侍女が声をかける。

「結崎太夫が参りましてございます」

「おお、本日は太夫の稽古の日であったの。お通し申せ」

叔父御は桜之助に顔を向けた。

「結崎太夫の舞と謡には不思議な力があるとの評判じゃ。大名旗本のお歴々でも、屋敷の普請やめでたいことがあると、わざわざ結崎太夫を招きひとさし舞わせるほどじゃ」

桜之助は入れ替わりに辞する挨拶をした。

「本日ははからずも叔父御にお目にかかり、嬉しゅうございました」

「おお……わしとて同じじゃ。桜之助殿……数のもとにも、またわしのところにも、また訪ねてきてくれい」

「はっ」

一礼をして立ち上がりかけた桜之助に、叔父御は一冊の本を示した。

絹の端切(はぎ)れで装丁された美しい表紙だ。

「釆女殿が最後に参った折に置いていった謡本(うたいぼん)じゃ……釆女殿の形見になってしもうた……」

叔父御の居室を辞したところの廊下で、桜之助はひとりの男とすれちがった。

案内する侍女と背丈が変わらぬ小男だ。

小男だが、まっすぐに通った背筋といい、滑るように足を運ぶ歩みといい、寸分の隙もない。

黒い羽織に縞の袴、頭は能役者には珍しく髷を結わずに髪を後ろに流した総髪だ。

（結崎太夫か……）

廊下の端に寄った結崎太夫に、桜之助も通りすぎざまに会釈を返す。

（江戸で一、二の名手……かの世阿弥の再来とも言われているそうな……）

結崎太夫の舞や謡には不思議な力が潜んでいるという。

招かれた家の門口でひとさしでも舞えば福を呼ぶ。

反対に、禍々しい舞や謡の力で見るものを破滅させ奈落の底に落とせるともいわれている。

結崎太夫は、顔を伏せながらも目だけで桜之助の姿を追っている。

桜之助は両腋がぐっと引きしまるような緊張を覚えた。

同時に冷水を浴びせられたかのような寒気が背筋を走る。

結崎太夫は叔父御の部屋へと向かっていく。

桜之助の鼻の奥に、良い香りがただよった。

覚えのある香りだ。

桜之助はしばし廊下にたたずみ、廊下の先の闇に消えていく結崎太夫の後ろ姿を目で追い続けた。

八

「ここか……ついうかうかと、通り過ぎるところであった……」

本所の『大乃(おおの)』は、よくよく気をつけて探さねば見つけ出せぬ店だった。

枝折り戸(しおりど)に木板の屋根をつけただけの小さな門の先に、短く飛び石が敷かれている。

飛び石の右手は笹垣(ささがき)となっている。左手の前栽(せんざい)は奥の庭に続いているようだ。

「もう桜が……」

案内をされた座敷からは庭が見渡せる。

池の端(はた)に一本だけ植えられた山桜が薄桃の花を誇っていた。

服部内記からは、「留守居役の寄合とは違(ちご)うて、ごく気安い集まりじゃ」とは聞かされてはいたが、油断は禁物だ。

桜之助は首尾よく一番乗りだった。

桜之助が庭先の縁(えん)に控えていると、次々に侍たちが姿を現した。

昨日の寄合に来ていた者もいれば初めて見る顔もある。

各々の席次は定められているらしい。皆、当たり前の顔をして迷わず座を占めていく。

内記によれば気楽な集まりとの話だったが、一座はどうしてなかなか、統制がとれている様子だ。

やがて内記も姿を現した。

桜之助が挨拶をすると、「高瀬殿は、それ、あすこじゃ」と座を指し示してくれた。

座は左右に六ずつ、あわせて十二席がしつらえられている。

桜之助は床の間に向かって左側の三番目だった。

（新参者にしては偉そうな席次じゃ……）

少々尻がくすぐったいが、内記の指示に従っておく。

内記は左の筆頭におさまった。

暮れ六ツ（午後六時前）になった。

霊岸寺（れいがんじ）の鐘だろうか、ごおんと重々しい音が響く。

座敷には十二名が揃っている。

鐘の音が合図だったようだ。

内記が「それっ」と一同に号令した。

内記の合図で、桜之助をのぞく十一人は身に帯びていた小さな袱紗を取り出した。

袱紗から掌ほどの丸い板を取り出すと、前に置く。

内記は上座からぐるりと見回すと、重々しげな顔つきで「うむ」と頷いた。

「十一枚は揃っておりますな……」

内記の真向かいに座を占めている人物は、髷にも鬢にも白髪が目立つ五十歳ほどの男だった。

松山主水という三千石取りの旗本だ。

主水は薄い唇をゆがめながら意地の悪そうな声で訊ねた。

「証の品を所持せぬ者を同席させるとは、内記殿のお計らいか」

「おっと、この内記、うかっとしておったわ」

内記は主水の詰問をいなそうとするかのような苦笑いを浮かべた。

懐から、皆と同じような小さな袱紗を取りだす。

「高瀬殿の証の品は、ほれ、ここに預かっておりまする。南條釆女殿の形見じゃ……」

桜之助は内記から袱紗を受けとり、中から小さな丸い金属の板を取りだした。

小さいがずしりとした重みがある。

「刀の鍔か……」

銀色に光る鍔には、『欣』の一文字が刻まれている。

内記は一同に告げた。

「高瀬殿は南條釆女殿亡きあと、本多伯耆守さま家中で江戸留守居役を仰せつかった御仁じゃ……お人柄などは、はばかりながらこの服部内記が見届けてござりまするが、ご不審か……」

内記の声は穏やかだが、有無を言わせぬ力がこもっている。

主水も、あくまで異をとなえるつもりはないらしい。

「いや……ご老人が申されるのであれば……」と引き下がった。

内記は一座の長老格で、『ご老人』と呼ばれているらしい。

主水は閉じた薄い唇を再びゆがめ、桜之助に向かって笑ってみせた。

なんとも居心地が悪い。

内記は取りなすような口調で桜之助に告げた。

「この集まりは、『浦会』と申す」

『浦会』とは初めて耳にする集まりだ。

同役の江戸留守居役からはもちろん、南條釆女の死の真相究明を桜之助に命じた江戸家老、藪谷帯刀さまからも、『浦会』なる集まりについては何も聞かされてはいない。

（采女殿は『浦会』について、誰にも明かさなかったのか……）

内記は桜之助にかまわず続ける。

「われらの前に置かれたは、浦会の証の品……『欣求浄土』の四文字を刻みたる鍔でござる」

内記は目の前の円形の品を取り上げ、桜之助に示した。

「みどもが所持致すは、ほれ……『欣』の一文字が刻まれし古鉄の鍔……」

桜之助の左隣の男は、同じく『欣』の文字が刻まれた金色の鍔だった。

「高瀬殿は『欣』の銀鍔じゃ」

桜之助の頭の中はぐるぐると回り始めた。

そもそも『欣求浄土』とは、神君家康公の旗印、『厭離穢土　欣求浄土』で名高い四文字だ。

神君の旗印の文字を刻んだ品を証にするからには、浦会とは公儀にかかわっているのだろうか。

（しかし『浦会』など、ついぞ耳にせぬ集まりじゃ……）

内記の話は続いている。

「『欣求浄土』の一文字ずつを古鉄、金、銀の鍔に刻んだ品が、浦会の証なのじゃよ」

内記の正面の松山主水は『求の古鉄』の鍔の持ち主だ。

内記は桜之助に向けた顔を少しゆるめた。

一座の前に膳部を捧げもった女たちが姿を現した。

「……と申しても、高瀬殿にはすぐにはのみこめまい……まずゆるりと一献……」

内記は口元の両端をぐいとあげて桜之助に笑いかける。

「当家、『大乃』の料理は旨うござるぞ……」

最初の吸い物は鯖と葱だ。

豆味噌だが舌先にぴりりと辛みが走る。唐辛子を混ぜこんでもいるのだろうか。

肴には蓮根の醤油煮や木の芽酢和え、湯葉、岩茸などが並ぶ。

先日の江戸留守居役の寄合での料理は豪華だった。

一方、『大乃』の料理はどれもありふれているが、手がこんでいるところはひととおりではない。

輪切りにされた蓮根を箸で摘もうとしたところ、四半分に切れるように包丁が入れられていた。醤油で煮られて黒灰色になっていた表面に比べ、わずかに紫色を帯びた白くみずみずしい切り口の鮮やかさが桜之助を驚かせる。

席に連なる面々はただ黙々と箸を動かしているわけではない。

それぞれが料理とともに談笑を楽しんでいる。

ぴんと張った糸のような張り詰めた緊張は切らさないが、江戸留守居役の寄合のように、上下の隔てを言いたてる者はいない。

むやみに大声をあげたり騒ぎたてる者もいない。

席次も、一座十二人のうち服部内記が上席、松山主水が次席で、あとは同等のようだ。

居心地のよい宴席だ。

桜之助も遠慮なく料理に箸を伸ばした。

左手の服部内記が桜之助に目で合図をした。

桜之助は座を立ち、内記の前に進む。

向かい側の松山主水の目が、少し光ったようだ。

内記は手元の杯を、「どうじゃ、一献」とばかりに桜之助に差し出した。

酒は強いほうではない桜之助にしては、もうかなりいっている。

座の様子からすれば断っても無礼ではなさそうだが、せっかくの内記の志だ。

また桜之助の気分も楽しく浮きたっている。

「しからば、形だけ」

杯を受け、内記に返す。

内記は酒には強いようでぐいと一息に空け、さらに手ずから注ぎ足した。寄合での酩酊ぶりが嘘のようだ。

内記は桜之助に訊ねた。

「驚かれたであろうのう……」

「はっ。『浦会』だの『証の鍔』だの、みどもには何の話やらさっぱり……」

内記はほんの少しの間、桜之助の目を見つめた。

桜之助の心底を探っているかのようだ。

内記は口を開いた。

「高瀬殿には、まこと、何もご存じないご様子じゃの」と笑いかける。「『浦会』の面々は、諸国の江戸留守居役や旗本衆じゃ。ここに連なる者たちが天下の舵を右にも左にも切っておる……天下を裏から動かす『裏会』じゃよ」

内記は手にした扇子の尻で宙に『裏』と『浦』の字を書いてみせた。

桜之助には相変わらず、何の話かわからない。

「むろん、政の表向きは公儀によって執り行われる。昨今、公儀は株仲間や座の増設に向かっておるが……」

かねてから職人や商人は同業者同士で仲間を結成していた。

徳川治世下では、かつてはかかる私的な仲間は禁止されていた。

天下の法は公儀のみが司るべきで、株仲間などという集まりが公儀とは別に存在するなどあってはならぬ。

ところが、ものの値が何につけ高いままで下がらぬ諸式高直が続くにいたり、公儀は株仲間を認める施策に転じた。

諸式の値を株仲間によって制御させようというもくろみだ。

桜之助のみるところでは、株仲間が盛んになるにつけ商いも盛んになり江戸の町は賑やかになっている。

だが町人たちの暮らし向きが楽になったかといえば、どうだろうか。

目に見えて楽になったと喜んでいる者はいない。

また先日も町家のおかみさん同士がささやいていたように、年が改まってからこのかた、各地で長雨が続いているという噂だ。

先行きに対する漠然とした不安はたしかに、江戸の町だけではなく天下をおおっている。

内記は満たした杯をぐいとひと息に空けた。

「我ら浦会は、えもいわれぬ世の不安や不満をいちはやくかぎ取り、天下の安定を図るのじゃよ」

内記は一座をぐるりと見回した。

『求の古鉄鍔』を所持なす松山主水殿は旗本の大身。『浄の古鉄鍔』は仙台伊達家の江戸留守居役、後藤頼母殿じゃ……」

内記が次々に教えてくれる浦会の面々は、いずれも各地枢要の大名家や大身の旗本だ。なかには京の朝廷と江戸の公儀との連絡役、武家伝奏をつとめる久我家に仕える公家侍もいる。

いかにも公家侍らしく頭頂に髷を立てた姿で、甲高い上方なまりの声で周囲を笑わせている。

「浜島新左衛門と申してな……面白い男じゃよ」と内記は笑った。

「しかし……なにゆえに南條殿やみどもが『浦会』なる集まりに名を連ねねばならぬのでございましょうか」

内記は即座に答えた。

「本多伯耆守さまの領国、駿河の田中は箱根、大井川にも匹敵する東海道の枢要の地じゃ」

内記の言葉どおり、たしかに西国から陸路で駿府を抜けて江戸に至ろうとするには、田中の里山が迫った狭隘(きょうあい)な街道を行くほかはない。

田中にある藤枝宿と府中宿との間の宇都ノ谷峠は、昼なお暗い難所として知られている。

「駿河の田中という地ゆえじゃよ」と、内記は桜之助に告げた。

「しかし……」

桜之助はさらに内記に訊ねた。

「天下の仕置(しお)きは、すべて公儀……将軍家と将軍を補佐する老中以下のお歴々によって定められるものではございませぬか。『浦会』などというものの動きを公儀が見過ごしにしておく道理はござりますまい」

「それが、あるのじゃよ……公儀といえども我らに手出しができぬ理由(わけ)が……」

内記はおもしろそうに笑うと、いったん顔を引きしめた。

九

「そもそも『浦会』は、神君家康公(しんくんいえやすこう)がおつくりになったのじゃ」

「神君が……」

「さよう。天下を治める者に誤りはあってはならぬ。あってはならぬが、神ならぬ身じゃ、ときに公儀の仕置きが民百姓の苦しみとなることもあろう。また知らぬ間に天下に公儀への不満が溜まっておらぬとも限らぬ。そのときにこそ……」

内記は座敷をぐるりと見回し桜之助に目で示した。

「そのときにこそ、我ら『浦会』の出番じゃ」

内記は先ほどの言葉を繰りかえした。

「えもいわれぬ世の不安や不満をいちはやくかぎ取り、天下の安定を図るのじゃよ……たとえ時の将軍家その人であろうと、容赦はならぬ、との神君のお言いつけじゃ」

「公儀が『浦会』に手出しできぬという、その理由は……」

「『浦会』は神君より、ある品を授かっておる……いわば御墨付きの品じゃ……御墨付きの品がある限り、公儀も我らに手出しはできぬ」

「その品とは……」

内記は引きしめていた顔をふたたびゆるめた。

なんとも柔和な笑顔に戻る。

「また後日に、のう……高瀬殿にもはたらいていただかねばならぬ事情もござるでな…

……」

桜之助は、背中に鋭いまなざしを感じた。

振り返りもできないが、間違いなく松山主水だ。

内記は笑顔のまま続ける。

「もう後戻りはできませせぬぞ……ことと次第によっては高瀬殿だけではござらぬ。御主君、伯耆守さまや本多家もご無事では済みませぬ。よっく心得召されい……」

「公儀をもおそれぬ『浦会』ゆえ……一介の大名家の死命を決するはたやすきこと……というわけでございますな……」

内記はもはや答えなかった。

座敷に桜之助がついぞ知らない匂いが漂ってきた。

女たちによって運ばれてきた料理から立ちのぼる匂いだ。

捧げもたれた皿からは湯気があがっている。皿の上の料理から放たれる匂いが座敷を満たしている。

匂いは、漢方の医者の薬棚を思わせる。

「さて、本日はなにを食べさせてくれるのかの」と心待ちにしていたような声が座敷からとぶ。

女たちの後から姿を現した男が、座敷の手前の縁に控えている。

桜之助より十歳ほど年かさで、色白で小太りの男だ。丸く福々しい顔一杯に笑みを浮かべている。目は丸々とした顔の肉に埋もれて糸のように細い。

男は細い目で、座敷の客たちひとりひとりに挨拶を送っている。

上物の練絹だろうか、灰色の羽織は銀の光沢を帯びている。

『大乃』の主人だろう、と桜之助は見て取った。

主は女から料理の皿をひとつ受け取ると、桜之助の前に進み出た。

「高瀬桜之助さまでございますな……手前は当家の主、大野定九郎と申しまする。以後、御別懇に」

定九郎は桜之助に料理を勧めた。

白磁の皿の上には、琥珀色の餡がどろりとかけられた肉の塊が載せられている。

「高瀬さまは獣肉はお嫌いではございませぬな……ならばご賞味を」

滅多に口にはできぬが、桜之助は獣肉が大の好物だ。

実家の谷家では、桜之助の父が牛肉の味噌漬けを時おり持ち帰っていた。

父の碁敵に彦根井伊家の者がおり、将軍家献上の牛肉の味噌漬けのお余りを分けてくれるのだ。

肉と脂と味噌の香りはこたえられない。子供のころの桜之助は何膳も飯を替え、父や母にあきれられていた。

定九郎は桜之助に告げた。

「清国の料理、とうろんぽうと申しまする。かの風流人、蘇東坡の考案になる料理でございまして、豚の肉を煮こんだ料理で……」

長崎出島仕込みでございますよ、と笑う定九郎の勧めに従い、桜之助は箸をつける。かけられた餡と同じく琥珀色に煮こまれた豚の肉は、箸が触れただけでとろりと溶ける。

桜之助は辛子をつけたとうろんぽうを口の中に放りこんだ。

醤油と甘味に加えて、鬱金とも肉桂ともつかない香味が口の中に広がる。

「ささ、これを召しませ。清国の紹興の酒でございまする」

定九郎はぎやまんの杯を桜之助にもたせる。

とうろんぽうと同じく琥珀色の酒が杯に注がれた。

温められた紹興酒がとうろんぽうの脂分を洗い流してくれるようだ。

「うまい……」

息をつくと同時に漏らした桜之助は、あわてて「いや、定九郎殿……旨うござる」としかるべく言い直した。

定九郎は恵比寿さまのような笑顔で桜之助に向かって何度もうなずく。

今度は服部内記が座を立ち、桜之助の前に腰を据えた。

「定九郎は料理好きでのう……」

料理好き、とはいっても、江戸の町中で清国の料理を出すところなどほかにはないに違いない。

（この『大乃』という料亭は、いったい……）と桜之助は心のなかでいぶかしんだ。

定九郎は福々しい笑みを浮かべたまま内記に応じた。

「手前どもでは浦会のためとあらば、腕によりをかけて膳部を調えまする……なにしろ、元禄の御代からのつながりでございますからのう……」

内記と定九郎は笑みを浮かべたまま桜之助の顔を見つめた。

元禄といえば八十年以上も昔の話だ。

桜之助は我知らずのうちに怪訝な顔つきになったのだろう。

定九郎が告げた。

「手前の祖父は大野九郎兵衛知房と申す……かつての播州赤穂、浅野家の家臣でございました」

桜之助は絶句した。

「あの……忠臣蔵の……」

元禄十五年（一七〇二年）、播州赤穂の浅野内匠頭の家臣たちが、主君の仇の吉良上野介の屋敷を襲い首級をあげた事件は桜之助も知っている。

事件は後に『仮名手本忠臣蔵』という芝居にも仕立てられている。

内記が横から口をはさんだ。

「あの忠臣蔵の悪役の大野九郎兵衛、と申されたいのじゃろう」

「いえ……決してかようなことは……」と桜之助は口ごもった。

浅野家の家臣にあって、国家老の大石内蔵助は立派に主君の恨みを晴らしたが、同じく家老だった大野九郎兵衛は仇を討つどころか、いずこにか姿を消してしまったとされる。

芝居の『忠臣蔵』でも大野九郎兵衛は『斧九太夫』として登場し、実に卑劣な振る舞いをしている。

内記と定九郎は声をあげて笑った。

ひとしきり笑うと内記は桜之助の顔を見据えて続けた。

「大野九郎兵衛は赤穂浪士にあっての卑怯者、悪者でよいのじゃ……それぞ、浦会のもくろみどおり」

　元禄の御代は豊かな時代だった。

　町人たちが力を増し、江戸の町は活気に満ちていたが一方で澱のような不満が民たちの心の底に溜まっていた時代でもあった。

　常憲院さま（五代将軍　徳川綱吉）が定められた『生類憐れみの令』などはとりわけ怨嗟の的だった。

「元禄の世は、実にあやうい時代であった……ゆえに民たちの不平や不満を吐き出させるための花火が必要であったのじゃよ……浦会も我らの二代ほど以前の話じゃが、な」

　浅野と吉良との確執の原因は公儀でもしかとは確かめられてはいない。

　原因不明の浅野内匠頭の攪乱による刃傷沙汰で吉良上野介が殿中にて傷を負った。

　浅野内匠頭は即日切腹。浅野家はお取りつぶしとなった。

　翌年になって大石内蔵助を中心とする浅野の遺臣たちが吉良を討ち、主君の恨みを晴らしたとされる。

「浦会にとっては事情は何でもよい、町人たちの胸のすくような快挙が行われれば世情は安定する。ゆえに浅野の遺臣たちを陰ながら支えさせ、討ち入りを果たさせたのじゃよ……」

赤穂浪士たちを大石内蔵助のもとに結集させるには、大石の敵役が必要だ。

大野九郎兵衛は、赤穂浪士たちの心をひとつにまとめるための悪役を引き受けたのだという。

「浦会では大野九郎兵衛殿に江戸で料理屋を開かせ、吉良の動向を探らせた……そうそう、吉良の屋敷を千代田の城のお膝元、呉服橋門内（東京都中央区八重洲）から、町中を離れたここ、本所松坂町に移すべく、公儀へのはたらきかけも、浦会が行ったのじゃ」

桜之助の頭はくらくらしてきた。

世に名高い赤穂浪士の討ち入りは、浦会の手によって成し遂げられたというのだ。

定九郎がおだやかな声で続ける。

「浅野家の江戸留守居役、堀部弥兵衛殿も浦会に名を連ねておられたゆえ、話は早かったと祖父も申しておりました」

「ただ堀部の娘婿の安兵衛が気が短い男で、『君恩を忘れた大野九郎兵衛を斬る』と息巻いておったらしい。弥兵衛殿がなだめるのに苦労されたそうじゃ」

赤穂浪士の話は浦会で語り継がれているのだろう、内記と定九郎は顔を見合わせて笑った。

内記は桜之助に顔を向けた。

「赤穂浪士だけではない……実は神君家康公のお命も……」

「えっ……なんとおおせられた……」

桜之助の叫び声に、内記は深くうなずいて応じた。

「神君はたしか……みどもの主君の領地、駿河の田中にて鷹狩りの折……小鯛の天麩羅を食して亡くなられたと聞きおよんでおりますが……」

「さよう。天麩羅を調えしは京の商人、茶屋四郎次郎……家康公のお志を果たすべく、浦会が四郎次郎に命じ、家康公のお命を縮め申したのでござる……大猷院（だいゆういん）さま（三代将軍　徳川家光）の将軍家相続をめぐり、神君家康公と台徳院（たいとくいん）さま（二代将軍　徳川秀忠）との間がおもしろからぬありさまになり……天下の乱れのおそれありと浦会が見てとったのでござる」

「それで……家康公を毒殺……」

「さよう。毒殺の舞台は高瀬殿のお国元、駿河の田中城じゃ」

神君は、ご自身で作られた浦会によってお命を奪われたというのか……

桜之助の目がくらくらと回り始めた。

酒のためだけではなかった。

桜之助の耳の奥で、先ほどの内記の声が響く。

「えもいわれぬ世の不安や不満をいちはやくかぎ取り、天下の安定を図るのじゃよ……たとえ時の将軍家その人であろうと、容赦はならぬ……」

定九郎が内記に代わった。

「高瀬さま、服部内記さまのお名前はご存じでございまするか」

桜之助は定九郎の言葉を待つ。

定九郎は細い目に変わらず笑みを浮かべながら続けた。

「服部内記半蔵(はんぞう)さま、と申しまする」

「服部……半蔵……」

服部半蔵といえば、神君家康公を陰で支えた伊賀者(いがもの)の頭領だ。

徳川の天下平定に力を尽くした忍(しの)びの者、忍者だったが、後に改易(かいえき)されたと聞いている。

内記が口を開いた。

「後に桑名の松平家に仕え、今に至っておる……浦会はみどもの先祖の服部石見守正成(いわみのかみまさなり)にまでさかのぼる集まりなのじゃよ」

内記は口をつぐんだ。

目の前の老人が、忍びの頭領の裔と聞かされ、桜之助の頭はさらにくらくらしている。

内記と定九郎の肩越しに向かい側に並ぶ面々が見える。

隣の者と談笑していた松山主水が、ちらりと桜之助に目をやった。

桜之助を射貫かんばかりの鋭い視線だった。

第二章　薄闇（うすやみ）

一

啓蟄（現在の四月初旬）も過ぎた。

高瀬桜之助の江戸留守居役として暮らしも落ち着いてきた。

留守居役の寄合にはもう三度ほど足を運んだ。

寄合には品川の料亭が使われる。

江戸の風も温かさを増している。

開け放たれた障子の向こうには、品川の海が広がっている。

温かな風に運ばれてくる磯の匂いは格別だ。

桜之助は鼻孔を広げて磯風をいっぱいに吸いこんだ。

（これでつまらぬ寄合などなければ、どんなに気持ちがよいだろうに……）と思わずにはいられない。

「じゃが、御役目は果たさねば、な……」

桜之助は留守居役の新参者だ。

寄合のたびにほかの留守居役たちの前にいちいち進みでて、挨拶をせねばならぬ。

着用している裃（かみしも）には、飯炊きの権助が鏝（こて）をあてて折り目をつけてくれている。

「権助も、年寄りだから目が遠いのかの……」

ぴんと伸ばされていなければならないはずの折り目が、わずかにずれているところが気になる。

桜之助は裃の端を手で引っぱって整えると、下座から腰をかがめて上座へと向かう。

上座には色の黒い年寄りの侍（さむらい）がおさまっている。先日の寄合で桜之助の剣幕に腰を抜かして小便を漏（も）らした男だ。

両腿（りょうもも）に手をあて摺（す）り足で進む桜之助の姿に、色黒の侍はぎょっとした様子だった。

まるで怯（おび）えた子供のように、座についたまま半身になって逃げ出そうとする。

桜之助はかまわず進み出ると色黒の侍の前で両手をつき、大声を張り上げた。

「本日も、宜（よろ）しくお願い申し上げまする」

桜之助の挨拶に我にかえったのか、色黒の侍は元のごとく座に直った。

両目で左右の様子をうかがいながら、コホンと咳払いをする。

重々しげに「うむ」とうなずくと、「御役目、しかと勤められい」と桜之助に告げた。

（なんとも腰抜けの御仁じゃ）

桜之助は笑いをかみ殺した。

神妙な面持ちで下座に戻る。

隣にいた服部内記と目が合った。

内記も真面目くさった顔つきだが、目では笑っている。

「高瀬殿、薬が効いたようでございますな」

「そのようで」と桜之助はささやき返した。

江戸留守居役の寄合はつまらぬが、服部内記に誘われて加わった浦会は楽しい。

『欣求浄土』の鍔だの、『天下の安定を図る』だの、さらには桜之助に身に覚えのない『かのもの』だの、いまだすべてはのみこめてはいないが、集まる面々は気持ちがよい。

本所の『大乃』が浦会の集まりの場となっており、全員が顔をそろえる月次の会のほかに、それぞれ誘いあわせて集まっている。

江戸留守居役の二度目の寄合をこなした翌日、桜之助は浦会の者たちの集まりに誘われた。

「高瀬殿もどうじゃ」

『土の銀鍔』をもつ伊藤治右衛門という侍が桜之助を誘ってくれた。

治右衛門は三十歳ほどの御家人で、しばしば浦会の面々を誘って集まっているらしい。

笑みを絶やさぬ顔に、大きな目玉が愛嬌がある。

座談もうまく、いつも人の輪の中心にいる男だ。

桜之助は治右衛門の誘いに応じようと思った。

『大乃』では野の草の揚げ物が供された。

「フキノトウやタラの芽は苦味がこたえられぬ……ほう、こちらは菜の花の葉か……揚げて食するとは、なかなか……」

胡麻の油をたっぷりつかっているようだ。

少量の塩をつけて食すると、香ばしさと苦味の奥から塩味にひきたてられたかすかな甘さがしみ出てくる。

塩は干菓子のように、花の形に固められている。

白梅のようだ。

「赤穂の花塩でござりますよ」

『大乃』の主人の定九郎は、相変わらず柔らかな笑みを満面に浮かべている。

「赤穂とはまだ縁が続いておりましてな……取り寄せておりまする」

定九郎は、赤穂義士(あこうぎし)の事件で世間から裏切り者とされた大野九郎兵衛(おおのくろべえ)の末裔(まつえい)だ。

赤穂の地でも事情をよく知るものにとっては、大野九郎兵衛も義士たちの快挙の一翼(いちよく)を担っていたとみなされているのだろう。

「浦会とは……底知れぬ力もっておるのでございますな……」

定九郎は柔らかな笑みを崩さぬまま、たずさえてきた袱紗(ふくさ)を解いた。

中は、紙縒り(こより)で綴(と)じられた古い書き付けだ。

定九郎は糸のように細い目で桜之助をうながす。

桜之助は両の手で書き付けを取りあげ、黄色く変色した最初の一枚をゆっくりとめくった。

「神君家康公が集められた最初の浦会から、今に至るまで、浦会に加わりし者たちでござります」

「この方々が……浦会に……」

書き付けを持つ桜之助の手が震える。

桜之助は大きくひとつ、ふたつと息を吐(は)き、書き付けに目をこらす。

最初には『服部石見守(はっとりいわみのかみ)』の名がある。

内記の祖先で、服部半蔵として知られる忍びの頭目だ。

『坂崎出羽守直盛』の名もある。

たしか豊臣家滅亡の折、家康公の御孫、千姫を大坂城から救い出した人物だ。

坂崎出羽守は後に、千姫との縁組みを望んだもののかなわず、自刃したという。

定九郎はぽつりと漏らした。

「坂崎出羽守さまは、かつては宇喜多の姓を名乗っておられた……」

「宇喜多、といえば、関ヶ原の戦で徳川に敵対した宇喜多権中将秀家……」

「さよう。出羽守さまは、八丈島に流された宇喜多権中将の流れをくむものでございました……まだ徳川の世が定まらぬころで、宇喜多の遺臣たちにかつがれることを嫌い……」

「自ら命を絶たれたのか……」

「さようで。しかも世の乱れの糸口になってはならぬと思し召し、わざと千姫への恋着を公言されておられた由……自刃の理由も千姫ゆえと世間に信じさせるためでござります」

桜之助の耳の奥で、服部内記の声がよみがえった。

「えもいわれぬ世の不安や不満をいちはやくかぎ取り、天下の安定を図るのじゃ……」

浦会に名を連ねるからには、自刃もいとわぬほどの覚悟が求められるのか。

桜之助は書き付けに見入った。

赤穂義士として名を伝えられている『播州赤穂浅野内匠頭江戸留守居役堀部弥兵衛』の名もある。

「元禄の御代はよい時代ではございましたが、常憲院さま（五代将軍　徳川綱吉）への不満や恨みのほかにも、柳沢吉保さまの専横などもございました……」

「公儀にむかうはずの不満や恨みの声を晴らすために、浦会が赤穂義士をたすけ……」

「結果、世の人々は赤穂義士に喝采をおくり、天下は安定を保てたのでございますよ」

桜之助は書き付けの最後の一枚をめくった。

『本多伯耆守江戸留守居役南條采女』のあとに、墨の色も鮮やかに桜之助の名も記されていた。

『同家中高瀬桜之助』。

桜之助ににじり寄ってきた定九郎が、耳元で小声で告げた。

「高瀬さまも、もう、逃げられませぬぞ……」

二

向こうから伊藤治右衛門が桜之助に声をかけてきた。

「高瀬殿は、いかが思われる」

治右衛門はくりっとした目を桜之助に向けている。

いかにも世話好きで愛嬌のある顔だちだ。

突然に声をかけられた桜之助は、「何の話でございますか」と苦笑した。

（新参のみどもにまで気を配っておられるのか）と思うとありがたくはあるが、気づかいが少々重苦しくも感じられはする。

「いやのう、昨今の公儀のありようはいかがか、という話じゃ」

江戸留守居役としてばかりではなく、徳川将軍を上にいただく武士として、天下の御政道に非難がましい口をきくなどはつつしまねばならぬ。

が、一方で、気のおけぬもの同士の座談の場で心のうちを明かさぬままでいるとは、いささか礼に反する気もする。

桜之助は正直に答えた。

「商いに重きをおき、諸人（しょじん）を富ませるは、まことにけっこうとは存じまするが……いささか行き過ぎもあるか、と……」

「それそれ、高瀬殿の申されるとおりじゃ」と治右衛門が手を打った。

「やはり田沼さま……主殿頭さまのなされようは行き過ぎじゃ。ここはどうでも白河殿の出番となりましょうぞ」

治右衛門の声が向けられた相手は、三十代の半ばほど。

三津田兵衛という旗本だ。

かなり裕福な旗本のようで、羽織も上物の練絹だ。

珍しい模様の帯にさした煙草入れの細工も凝っている。

いささか気色ばんだ治右衛門の勢いを涼しげな様子でやり過ごした兵衛は、穏やかな笑みを浮かべて応じた。

「白河殿……松平上総介さまは人品ともにすぐれた御方と聞きおよんではおります……おります、が……御政道とはまた別な話でござりましょう」

白河殿と呼ばれる松平上総介定信さまは、有徳院さま（八代将軍　徳川吉宗）の御孫にあたられる。

まもなく奥州白河十一万石の家督を継ぎ越中守を名乗られるという話だ。

有徳院さまと同じく、倹約質実を旨とされる方だ。田沼主殿頭さまの治下の華美な世相を苦々しくみている者たちからは、大いに期待されている。

兵衛は次に桜之助に顔を向けた。

「高瀬殿、『いささかの行き過ぎ』とは、いかなるところでございましょうかな」

桜之助をとがめだてているわけではない。

あくまで柔らかな、しかし真摯（しんし）な口調だ。

「これは心して答えねばならぬ……」と桜之助は覚悟した。

「田沼さまの前任の老中、松平右近将監武元（まつだいらうこんのしょうげんたけちか）さま以来、株仲間を大いに増やし商いを奨励されてこられましたが……木綿（もめん）、絹、油の商いにも公儀が大きく肩入れをいたし、結果、武家までが金銀をあからさまに尊ぶに至っておりまする……」

「金銀はいわば人体の血液のようなもの。欠乏いたせば少しの動きもままなりますまい」

兵衛はおおらかに言ってのけた。

桜之助が口を開こうとする前に兵衛は続ける。

「みどもはもっともっと、商いを盛んにいたせばよいと存じておりまする……田畑（でんぱた）ももっと切り開けば農民も潤いまする」

言い放った兵衛の声は澄んでいる。

武士でありながら、堂々と農工商を称揚する態度はすがすがしくさえある。

桜之助は気おくれしながらも兵衛に反駁した。

「切り開こうにも、もはや諸国の山林で手をつけられるところはございますまい」

「山林はなくとも、川がございまするぞ。たとえば坂東太郎と称される利根川の流域……下総の印旛沼を農地にいたさば……」

桜之助は、ここぞとばかりに兵衛に切りこんだ。

「干拓の費用はいかがいたすのでございます……」

以前に江戸留守居役の寄合で、みな口々に心配していたところだ。

「天下普請として諸大名に費用が割り当てられれば、諸国は疲弊いたしますぞ」

「諸大名への割り当てなどありえませぬ」

兵衛は涼しい顔で言ってのけた。

「干拓の後に生まれる農地を担保にいたし、近郷の農民や商人たちから出資をつのればよろしゅうございましょう」

桜之助の周囲からも「ほおっ」と声があがった。

なるほど、このところの商い重視の仕置きによって、豊かになった農民や町人たちから金を出させようというやり方だ。

天下は武家だけで立ちゆくものではない。

農工商、すべての民で支えていけばよいのだ。

兵衛の言葉によって、桜之助は目の前が明るく開かれたように思えた。

「なるほど……感服(かんぷく)仕(つかまつ)った……」

桜之助は兵衛に向けて頭をさげた。

「高瀬殿、なにを大仰(おおぎょう)な……さ、さ、一献(いっこん)」

兵衛は笑いながら桜之助に杯をさす。

酒には弱い桜之助だが、兵衛が注(そそ)いでくれる酒なら喜んで飲み干したい気分になっていた。

三津田兵衛の屋敷は桜之助と同じく、神田橋御門の方角だった。

桜之助は『大乃』を出ると、兵衛と連れだって帰途についた。

「高瀬殿の御新造(ごしんぞう)は国元でござるか」

「さようでございます。祝言から半年になるやならずで江戸詰めを命ぜられ……とりあえずは身ひとつでございます」

桜之助は、私(わたくし)の事柄を問われてもあまり多くを語らぬようにしていたが、兵衛とはすすんで話をしたかった。

「駿河の片田舎から一歩も出たことのない女でございます。いちど江戸に呼んで、大川の風を浴びさせとうございます」

「高瀬殿は、御新造孝行でございますな。ははは……」

兵衛の身に備わった徳とでもいうのだろうか、からかわれても桜之助は全く悪い気にはならぬ。

むしろ温かな充足感で胸の内が満たされる思いがする。

兵衛は続けた。

「独り身での江戸暮らしはさぞ御不自由ではありましょうが……身軽さは正直、うらやましくもござる」

「はあ……」

好きこのんで独り身でいるのではないが……

だが、泰然としてるようにみえる兵衛にも格別の事情があるのだろうと思うと、桜之助は腹を立てる気にもならなかった。

吾妻橋にさしかかった。

橋の周辺には、宿のない物乞いたちが多くたむろしている。

身体に荒縄でむしろを巻きつけたなりの物乞いが二、三人立ちあがると、桜之助と兵衛のもとによろよろとやってきた。

「お武家さま……あわれな乞食（こじき）でございます……」

「おめぐみをぉぉ……」

弱々しい声で口々に言いたてながら、欠けた茶碗やまっ黒に汚れた両の手を差しだす。

兵衛はひとりの物乞いの前にかがみこんで訊ねた。

やさしく、柔らかな声だった。

「そなたは生国（しょうごく）はいずれじゃ」

「へえ……奥州（おうしゅう）でございます……」

「奥州と申すと……やはり米ができなんだか」

「へえ……」

「奥州の……いずれの家中かは存ぜぬが……蓄えの米などはなかったのか……」

「むつかしい御政道のことは存じませぬ……蔵には蓄えはあったに違いごぜえませぬが、お上（かみ）が米を売って金に替えてしまわれたそうで……」

「おらの国でも同じで……蓄えておいた米を、御家老（ごかろう）さまが売ってしまわれた、と……」

かすかな月の光に浮かぶ兵衛の顔に、痛みに耐えようとするかのような苦しみの影が走った。

兵衛は懐から革の袋を取りだした。

重たそうな革袋だ。

兵衛は袋の口を開くと、銭をつかみ出した。

「それ……あたりで寝ている者たちで分けるのじゃ」

「おありがとうござぁぁぁい」

物乞いたちは口々に言い立てると、橋の下に去っていった。

兵衛は立ち上がると、桜之助に言い訳をするかのような口調で告げた。

「こうした折に渡す細かな銭を、いつもこうして携えておるのでござるよ」

革袋を振ると、じゃらじゃらと銭の音がする。

「なまじ一分金などを与えても、かような者にとってはかえって使いにくかろうと思いましてな……また、どこからか盗んだのであろうなどというあらぬ疑いをかけられても気の毒な……」

「ゆえに三津田殿は、いつも細かな銭を用意しておいでというのでござるか……みごとな心づかい、感服仕りまする」

桜之助は兵衛に向かって頭をさげた。

兵衛は寂しそうな笑みを浮かべ、首を振った。

「いや……まことであれば、米の不作などがあろうとも、民百姓が苦しまぬよう備えるが武士のつとめであろうに、のう……金銀は血液のようなものと申しても、蓄えの米まで売って金に替える愚かな大名がいようとは……」

兵衛は唇を嚙みしめていた。

背後から、さきほどの物乞いの声がした。

「おおい、お侍さまがたぁ……」

桜之助と兵衛が振り返ると、物乞いたちが立っている。

「お恵みのお礼に、俄をお目にかけまする」

俄は、物乞いの者たちがちょっとした見世物として往来で繰りひろげる寸劇だ。

ひとりが短い竹の棒をふりあげると、別な物乞いにむかって叫んだ。

「おのれ、上野介、勘弁ならぬ」

襲われた物乞いは、腰が抜けたかのようにはいつくばり、必死に逃げようとする。

竹の棒の物乞いがあとから追いかける。

「忠臣蔵、松の廊下の場でござるな」

兵衛が面白そうにつぶやいた。

「待てい、上野介」

追いかけていく竹の棒の背後から大勢の物乞いが一斉に襲いかかり引き留める。

「お放しくだされ、武士の情けじゃ」

竹の棒の先は空しく宙を斬るばかりだ。

兵衛は楽しそうに物乞いたちの俄を見物している。

「殿中でござる、殿中でござるぞぉぉぉ……」

春の月夜に、物乞いたちの声が響きわたった。

三

主君、本多伯耆守さまより急なお召しがあった。

なにゆえのお召しなのか、桜之助には見当がつかぬ。

江戸家老の藪谷帯刀さまは柔らかい微笑を浮かべた。

「御役目のうえのお召しではないようじゃ……いうなれば、殿はそなたと話がしたいのだとみえる」

「はぁ……」

桜之助の気分は沈んだ。

殿、伯耆守さまとは江戸留守居役拝命の折、御座所のはるか遠くから頭を下げたまま拝謁しただけだ。

畳の目をにらみつけていた顔を少しあげると、ずっと先に殿の姿がうかがえた。

御年はまだ十七歳。

駿河国田中四万石の当主として、これから公儀のなかで枢要な地位を占めるべく一歩ずつ栄達の道をたどっていかれるはずの人物だが、御座所におさまった姿は細身で、まだどことなく頼りなさげにみえた。

桜之助は帯刀さまにおそるおそる訊ねた。

「みども、急の腹痛……腹いたかなにかで、お召しはかないませぬ……とはなりませぬか……」

「馬鹿者ッ」

帯刀さまに一喝され、桜之助は覚悟を決めた。

主君ではあるが、桜之助はよい感情は抱いてはいない。

(数っぺを実家に帰すとは、ひどい殿さまだ……あんな気立てのよい女を……)

殿は数を実家の永井家に帰す一方で、国元の田中では側室を寵愛されているという噂だ。

まさか主君に向かって意見を申し上げるなどはできぬが、数にかかわる話となると江戸育ちの旗本の血が騒ぐ。

(気にいらぬ……)

先日、永井家で久々に数と対面した。

桜之助が辞去するときに数が口にした言葉を思い出す。

「殿はよい方でございます」と数は言った。

「殿をお頼み申します」とも。

実家に帰されるというひどい仕打ちを受けながら、なおも夫を気遣う数の心根はいじらしい。

主君ながら殿の心根を問いただしたくもなる。

桜之助の虫の居所は次第に悪くなってきた。

帯刀さまのあとについて縁先(えんさき)の廊下を何度も曲がる。

通常の御座所でのお召しではなく、殿が普段くつろがれる奥まで通されるようだ。

気のせいか、本当に腹が痛くなってきたような気がする。

桜之助は帯刀さまの背中に向かって心の中でつぶやいた。
（みどもが何か口走っても知りませぬぞ……）
本多家江戸上屋敷の奥にある書院が殿の普段の居所だった。
庭の植木の葉を透かした日が射しこんでいる。
見るからに居心地の良さそうな書院だ。
殿は几帳面な性質と伝え聞いている。
書院の壁に据えられた小さな棚には書物や筆、硯、紙の束がきちんと並べられている。
紙の束を押さえる文鎮の位置も、ゆるがせにはされていないようだ。
書院に続く次の間で、桜之助は帯刀さまの背後に控えた。
「殿……お召しにより高瀬桜之助、参上つかまつりましてございまする」
殿は文机に向かって何か書きものをしておられた。
帯刀さまの声に手を止め、細筆を置く。
ゆっくりと向き直った殿に、桜之助はさらに少しだけ頭を下げた。
「高瀬か……苦しゅうない、面をあげよ」
十七歳という年齢の割には落ち着いた、大人びた声だった。
さすが四万石の家中を背負う大名ともなれば、幼少のみぎりから覚悟のほどができているのだろう。

数っぺ、いや奥方への仕打ちは許せぬが、さすが一国の主としての風格はそなえておられると認めざるを得ない。

「近う、近う」という殿の言葉に、帯刀さまが先に立って書院に入る。

桜之助も帯刀さまに従って書院と次の間とを隔てる襖のあたりまで進んだ。

「そなたは元は旗本衆の出と聞いておるが……」

桜之助は両手の先を膝の前について答える。

「はっ……旗本一千石、谷民部はみどもが兄にござります」

「さようであるか……」

殿は目をまっすぐに桜之助に向けている。

「江戸の旗本衆の生まれとあれば、さぞ世事には通じておろう……余はまだ十七じゃ。世事にも疎い。折々は町人の声、巷の風を、余に教えてくれるよう……」

桜之助は再び「はっ」と頭を下げた。

殿の御意を補おうとするかのように帯刀さまが言葉を添える。

「領国田中については我らが力の限り殿をお助け申す。ただ殿はお若くておられる。年が近く、また江戸の世情にも通じておるそなたのような者を話し相手にしたい、との思し召しじゃ」

殿は桜之助にさらに言葉をかけた。

「頼むぞ、高瀬」

「はっ」

主君の話し相手とは恐れ多い限りだ。

同時に、少々気が重くもなる。

また伯耆守さまは数っぺを遠ざけている夫だ、と思うと腹も立つ。

殿は続けた。

「世情の面白き話を楽しみに致すぞ……ただし……」

殿の声が少し変わった。

主君が臣下に下知（げち）する声ではない。

柔らかく、親しみのこもった声だ。

桜之助は顔を上げた。

殿の顔には、たしかに微笑が浮かんでいる。

「ただし、余を池に落とすなどは、構えてなきよう。頼むぞ」

桜之助は「あ……ああン……」と声をあげた。

帯刀さまがすかさず「これっ」と声を出して桜之助を叱る。

帯刀さまには殿の言葉の意味はわからなかったのだろう、桜之助を叱りながらもいささか戸惑った様子だ。

桜之助はあらためて、「は、ははアッ」と平伏した。

平伏しながら桜之助は心の内でつぶやいている。

(だから……みどもは数っぺを池になど落としたりはしておらぬ。泣き味噌の数っぺが勝手に池に落ちたのじゃ……)

重ねて殿の声が桜之助の頭のうえからふりかかる。

「また余は蛇(くちなわ)は大の嫌いでの……余の前で振り回しなど、ゆめ、すまいぞ」

桜之助は平伏したまま言葉もなかった。

額には汗が粒になって吹き出している。

桜之助は懐から紙を出し、額にあてて汗をぬぐう。

(数っぺの奴、つまらぬ話を殿さまに吹きこんだものだ……)

子供時分のいたずらや失敗について、ほかにどんな話をしているか知れぬ。

汗をぬぐい終えると殿と目が合った。

殿は笑いながらうなずいた。

桜之助の口元もゆるんだ。

主君に向けて笑い顔を見せるなど不作法の極みだが、今度は帯刀さまも桜之助をとがめはしなかった。

(なんだ……殿さまと数っぺは、仲のよい夫婦ではないか)

幼いころの思い出を語り聴くなどは、心を許しあった者同士でなければできぬ。

桜之助の耳に数の言葉がよみがえった。

「殿はよい方でございます。殿をお頼み申します」

桜之助は心の中で数に請けあった。

(どうやら深い理由があるのだな……わかったよ、数っぺ。力を尽くすよ……)

次の間から近習の若侍の声が飛んだ。

「国元の田中より、生駒監物さまがお越しにございます。殿にお目通りを、とのおおせにございまするが……」

殿の顔から笑みが消えた。

不快そうな皺が眉間に寄る。

帯刀さまが咳払いをすると近習に訊ねた。

「監物殿には、いかなる御用向きじゃ」

「それが、殿に直にお話し申す、の一点張りでございまして……」

生駒監物は本多家の国家老。

江戸家老の藪谷帯刀さまと並ぶ重鎮だ。

国家老であると同時に、殿の伯父にもあたる。

家中で権勢をふるい、わずかに帯刀さまが歯止めになっているというありさまらしい。

国家老ともなれば国元の田中を離れるなどあってはならぬはずだ。

江戸の主君に申し上げる話があれば、筋としては江戸家老の帯刀さまを通さなくてはならぬ。

帯刀さまも険しい顔つきになり、近習に言い捨てた。

「監物殿には、しばらくお待ちいただくよう……おってこの帯刀が御用のむきをうかがい申す……」

帯刀さまの言い捨てた言葉をさえぎるようにして、別な声が近づいてきた。

「いや、帯刀殿をわずらわすまでもない。直に殿に申し上げる」

声を聴いて桜之助は、みぞおちに強い痛みを覚えた。

留める近習たちを振りきるようにして、白羽織の男が姿を現した。

駿河田中の国家老、生駒監物だ。

監物の白羽織は金糸で縫い取りがしてあり高価そうだ。

年齢は六十歳を超えているはずだ。鬢には白髪が半分ほど混じっている。たぷたぷとした肉付きのよい顔には無数の皺が寄っている。

次の間に控えた監物は、書院のなかにいる桜之助の姿に意表をつかれた顔つきになった。

「この者は……」と目でうかがう監物に殿は応じる。

不快さを押し殺した声だ。

「伯父上、気遣いはございませぬ。ご用の向きを申されよ……」と告げる。「国家老たる伯父上がわざわざのお越し。さぞ火急のことと存じまするが……」

殿の皮肉に、監物は憎々しげな顔を桜之助に向けた。

自業自得とはいえ、国家老ともあろう者が、桜之助のような若輩の前で主君に言上するという形になった。

監物にとっては大きな屈辱のはずだ。

監物はぐっと言葉をのみこんだ様子を見せた。

次には思い直したかのように顔つきを変える。

にあわぬ笑みが監物の顔中に浮かんだ。

せせら笑いのようだ。

「国元、田中の蓮花寺池（れんげじいけ）の畔（ほとり）に建てさせておりました能舞台がまもなくできあがりまする。つきましては……」

監物はにいっとあげた口の端をさらに大きく引き上げる。口が耳まで裂けそうだ。

監物のしわがれ声を聞き、桜之助のみぞおちにはあらためて鋭い差しこみが押し寄せた。

「つきましては、殿がご帰国の折に江戸一との評判の結崎太夫（ゆうざきだゆう）の一座を招き、舞台披き（ぶたいびらき）の『翁（おきな）』を舞わせたく存じまする」

監物は胸をそびやかすような姿勢になり言葉を続けた。

「国の弥栄（いやさか）、殿のご健勝……そうそう、奥方との御仲もむつまじくあらせられまするよう、翁の舞にて祈り申しまする」

桜之助の腹痛は治まらない。

『奥方との御仲』という言葉に、殿の眉間がさらに険しくなった。

殿の国元の側室は生駒監物の姪にあたる女だとは、誰もが知っている事実だ。

家中の事情には疎い桜之助だが、殿が奥方の数を実家（さと）に帰した背景には、監物の姪の側室入りがかかわってると察しがつく。

殿と数とが仲むつまじくあるように、という監物だが、本心は逆だろう。

殿は不快そうな声で言い捨てた。

「国元の仕置きは国家老たる伯父上の役目。帯刀とご相談のうえ、お取り計らいくださるよう」

監物は帯刀さまに向き直る。

帯刀さまも「然(しか)るべく」と監物に礼を返す。

監物は勝ち誇ったような笑みを浮かべた。

「殿のご承諾を得ましたうえは、さっそく結崎太夫を迎える支度をいたしまする。なにしろ江戸一の能役者にございますれば、みどもが直々(じきじき)に出向かねば用が足りません」

監物は、つまらぬ用事のために江戸に出てきた言い訳をするかのような言葉を残して退出した。

帯刀さまは桜之助の顔を気づかわしげにのぞきこんだ。

「高瀬、いかが致した……顔色が悪いが、まことに腹痛か」

「いや、なんでもございませぬ」

答えて桜之助は懐の白紙を額にあてる。

桜之助は生駒監物の声に、たしかに聞き覚えがあった。

以前に桜之助を襲った曲者に指図する「引け、引けぃ」という声は耳に残っている。曲者の頭目の声は、生駒監物のしわがれ声と同じだった。

四

『大乃』での浦会は、江戸留守居役の寄合など比べものにならぬほど楽しい。

古参新参、主家の格式などを言いたてる者はいない。

『大乃』の主人の定九郎が手がける旨い料理を味わいながらの座談も、これまた楽しい。

江戸留守居役の寄合のように見苦しく酔うものはなく、皆、武士としてのたしなみからは決して外れない。

かといって互いに遠慮しあっているだけではない。御政道について、あるいは天下の行く末について、熱い論議がかわされたりもする。

なかなか弁の立つものも多く、桜之助はもっぱら論議を聞いているだけだが十分に楽しい。

ただ浦会に身を置いていて、心をすべて開いてあけすけに振る舞えるかというとそうはいかなかった。

黙って料理を口に運んでいるとき、あるいは誰かの冗談口にふと口元をゆるめ笑いだしそうになるとき、桜之助はじっと見張られているかのような視線に気づく。

視線の主は、服部内記に次ぐ浦会の重鎮、『求の古鉄』の鍔をもつ松山主水だ。

主水は桜之助が浦会に初めて連なったときから、何か含むところがあるような態度を示していた。

桜之助はもう何度も『大乃』に顔を出し浦会の面々とも打ち解け始めたというのに、主水はまだ何かを探り出そうとというかのような目を向けている。

主水は三千石の大身の旗本だ。

元禄の赤穂浪士たちの討ち入りに際しては、仇の吉良上野介の屋敷を江戸市中のはずれの本所松坂町に移転させる公儀の決定が大きく後押しをした。江戸市中にあれば、赤穂義士の快挙も達成できなかっただろう。

吉良屋敷移転を公儀に強力に働きかけた旗本が松山家だ。

『浄の古鉄』の持ち主は、伊達家から浦会に入っている後藤頼母という温厚で好々爺然とした人物だ。

頼母の主君、伊達陸奥守重村さまは、最近になって従四位下左近衛中将に任ぜられた。

重村さまの左近衛中将補任にあたっては、老中田沼さまに莫大な賂が贈られたと噂されている。

頼母は涼しい顔で、「いかにも。金はずいぶんと遣い申した」と笑った。

笑ったあとで、「しかし当家では別に、従四位下だの左近衛中将だの、ありがたがるいわれはござらぬ。位などいっこうに構いませなんだがのう……」とさらに涼しい顔をする。

頼母の話がのみこめないでいる桜之助に、内記が教えてくれた。

「天下の雄藩、仙台伊達家でさえ賂を贈ったとあらば、老中田沼さまのご威光はさらに増すというものでござる」

「すると、伊達さまは田沼さまのご威光を支えるために賂を……」

頼母はにやりと笑いうなずくと、低い声で桜之助に告げた。

「田沼さまをお支え申すは、われら浦会の意思でござる」

また松江の松平不昧公の江戸留守居役、沢松伊織は『土の古鉄』の鍔をもつ。

真四角な赤ら顔に太い眉。いかつい身体の持ち主で、見るからに武芸者然としている。

もっとも桜之助は伊織の剣の腕前は見かけほどではないと見切ってはいる。

伊織は、酒は一滴も飲めない。

代わりに栗の金団にしきりに箸を伸ばしながら、桜之助に笑って告げた。

「われら松江の国元では濫費が過ぎていたところ、御立派と申す者たちによってようやく経済が立て直されたといわれておるが、の……」

口の端に金団の餡をつけたまま、伊織は続ける。

「主君の不昧公……出羽守が公儀ににらまれやすうございますので、な……幸い家中で堅物で知られる朝日丹波さまが、やたら出費に喧しゅうござったゆえ、御立派のするにまかせておいたのでござるよ……要するに、公儀への目くらまし、じゃ……」

伊織はひょいと箸を伸ばし、緑色の餡にくるまれた栗をつまんだ。

「さすがは『大乃』の定九郎……金団の餡に茶を混ぜておる……茶の苦味が餡の甘味を引き立てておる……こたえられぬわ……」

多士済々の浦会の面々だが、いちばんの変わり種は、浜島新左衛門という男だ。

「高瀬はん、ひとつ、いきまひょ」

桜之助の目の前に伊万里の白磁の徳利がにゅっと突きだされた。

桜之助は目をあげてあらためて上方言葉の主を見た。

公家風に髷をぐるぐると立てている。

つるんとした卵形の顔立ちで、眉は左右にぽつぽつと円形に置かれている。

化粧をしているかのような顔色は青白く見える一方で、唇だけはぬめっとして赤い。青白い顔色のため年齢は定かではない。まだ二十歳そこそことも、また四十歳をとおに超えているかのようにもみえる。

江戸の公儀と京の畏きところの連絡役は武家伝奏という。

当代の武家伝奏は、公家の名門、久我家がつとめている。

桜之助の目の前にいる浜島新左衛門は、久我家に仕える公家侍だ。

桜之助は上方の言葉などは知らぬが、公家に仕える者にしては、いささかくだけた物言いに思える。

内記が桜之助に教えてくれた。

「高瀬殿、そう固くなるまでもない……浜島新左衛門は武家伝奏久我家に仕える公家侍には相違ござらぬが……以前はさる筋にて名をはせたものでござるよ」

言われた新左衛門はわるびれもしない。

「さいな、わては盗ッ人あがりでおます。よろしゅうに……」

新左衛門は桜之助が注いだ酒をひといきに飲み干し、「ふぅッ」と息をついた。

内記は桜之助に向けて笑い顔を見せる。

「公家衆は油断がならぬ。盗人であろうが謀反人であろうが、役に立つとみますればためらわずに登用致すのじゃ」

内記は桜之助の耳に口を寄せ、ささやいた。

「天下の安定を図るためには、かような種々の人材が必要なのじゃ。歯車として、の……高瀬殿も……」

浦会を支える歯車のひとつなのか、と桜之助は胸の内で応じた。

いささかの薄気味悪さを覚えながら、桜之助は新左衛門からの杯を受ける。

庭に開け放たれた縁先で、ガタッ、と音がした。

桜之助は、杯を手にしたまま片膝立ちになった。

驚いたことに、歓談をしていた浦会の面々は皆、音のした縁先に同時に顔を向けた。

桜之助同様に片膝立ちの体勢になった者も数名。さらに、素早く大刀を引き寄せ鯉口(こいくち)を切っているものも二人ばかりいた。

桜之助は舌を巻いた。

(こ……これは……素早い……)

江戸留守居役の寄合などでは考えられぬ。

面々の気の張りつめようや身のこなしは並ではない。

浦会は心身ともに手練(てだ)れの者たちの集まりだ、と桜之助は知った。

瞬時に凍りついた座敷は、服部内記の声ですぐに溶けた。

「ははは……各々がた……猫じゃ。猫じゃよ……」

座敷に居合わせた者のなかで、内記と主水の二人だけが泰然として杯を口に運んでいる。

「猫とは、これはしたり……」

「さすがはご老人……また松山殿の胆力にも感服仕った」

ひとしきり笑いが起きたところで、誰かが訊ねた。

「新左衛門……浜島新左衛門はいかがいたしたのじゃ」

「へえ。ここにおります……」

天井裏から声が聞こえる。

隅の天井板がずらされると、新左衛門が煤だらけの顔をのぞかせた。

「あっはっは……相変わらず逃げ足の速い奴じゃ」

「さすがは元盗賊だけあるのう」

一座の笑いはひときわ大きくなった。

天井から顔を逆さにのぞかせながら、新左衛門が応じる。

「へえ。命あっての物種、デッさかい……」

五

宴がおわった。
皆とともに座を立とうとした桜之助は、服部内記の目くばせに気づいた。
桜之助は一同をやりすごして座敷に残る。
一同が出ていったあとの座敷に、庭から風が吹きこんだ。
少しばかり酒を過ごした桜之助の頬に風が吹きつける。
桜之助は、梅雨を間近に控え湿り気を帯びた風の匂いが好きだった。
顔を庭に向け風を受ける。
今年の風には、新緑の香りを帯びた湿り気が足りない。
桜之助は肩すかしを食らった思いがする。
手燭で足元を照らしながら、定九郎が姿を現した。
いつものように柔和な福々しい笑みを浮かべている。
「今宵もお楽しみいただけましたかな」と桜之助に挨拶をすると、内記に告げた。

「御前(ごぜん)には、御出立(ごしゅったつ)の由(よし)」

「うむ」

内記はうなずくと立ち上がった。

『御前』とは誰なのかもわからぬまま、桜之助も立ち上がる。

座敷を出るものだと思った桜之助は驚いた。

定九郎は先に立って座敷の上座にしつらえられた床の間にあがった。

定九郎は手燭を下に置くとかがみこみ、床の間の壁の下部を何やらいじっている。

続いて再び立ち上がると、今度は床の間の壁に両手をついて「うんッ」と力を入れた。

「な……なんと……」

桜之助は声をあげる。

床の間の壁は音も立てずに回転する。

壁の向こうも部屋になっており、いくつも立てられた燭台(しょくだい)の灯(あか)りがぼおっと浮き上がっている。

金地の屏風(びょうぶ)が蠟燭(ろうそく)の光をうけて厳かに輝いている。

桜之助は二歩、三歩と、床の間に向けて足を踏み出した。

定九郎の柔和な声が桜之助を呼んだ。

「ささ、高瀬さま、こちらへ」

床の間の壁の向こうの座敷もかなりの広さだった。

金地の屏風には巨大な鳳凰が一面に描かれていた。

鳳凰は今まさに羽を広げんとしている姿だ。

玉虫色の羽や赤い輪で彩られた首、そしてまん丸の目は雉を思わせる。

屏風の前にはひとりの男が座を占めていた。

年齢はもう六十をいくつも過ぎているだろうか。

卵形の顔に細く長い眉。目も眉と同じく細く、切れ長だ。

酒をやや過ごしたのだろうか、頬は紅を刷いたかのように赤いが、乱れた様子はない。

鼻筋の通った顔をまっすぐに桜之助に向けている。

「御前」

男の前に進み出た内記が両の拳を畳につけた。

桜之助も内記の背後に座り、両手をつける。

薄暗さに目が馴れた桜之助は、男の左手に控えている男の姿に驚いた。

先ほどまで浦会で同席していた三津田兵衛だ。

兵衛は驚く桜之助に目配せをしたように見えた。

内記が背後の桜之助を振り返りながら、御前と呼ばれた男に言上した。

「高瀬桜之助殿にございまする」

桜之助も内記につられるようにして声をあげた。

「本多伯耆守江戸留守居役、高瀬桜之助と申しまする」

御前は口元に笑みを浮かべ、満足そうにうなずいた。

尊大さはみじんも感じられない。

穏やかで柔らかい笑みだ。

内記は桜之助に告げた。

「こちらにおわすは、老中、田沼主殿頭さまじゃ」

驚いた桜之助はあらためて御前の顔を見た。

公儀を動かす老中田沼さまといえば、賂をむさぼり蓄財を専（もっぱ）らにする方ときいている。

桜之助は世評から、でっぷりと肥えて脂ぎった風貌の持ち主だと決めつけていた。

目の前の御前はすっきりとした顔立ちだ。薄紫色の羽織を身につけている。

一目で上等な練物（ねりもの）とわかる光沢だ。

御前は桜之助に声をかけた。

「伯耆守殿の所領、駿河の田中は、わが領国の相良（さがら）（静岡県牧之原市）にほど近い。相めて礼を申す」

良築城(ちくじょう)の折、伯耆守殿には田中領内通行の便宜をずいぶんと計っていただいた。あらためて礼を申す」


いささか高い声は意外に若々しい。

桜之助は御前の言葉に、「はっ」と応じた。

御前は浦会の宴が行われた座敷に接した隠し部屋で様子をうかがっていたのだろうか。

内記は桜之助に冗談めかした口調で告げる。

「浦会の費(ついえ)はすべて御前に負うておる。たまにはかようにお招きせぬと、御前もヘソを曲げられるので、な……」

御前は「はッは……」と愉快そうな笑い声をあげた。

「この者たちの好きにさせておいては、せっかくわしが世の誹(そし)りをもかえりみずに集めておる金銀を、根こそぎ遣われてしまうわ……」

「これはこれは……痛み入りまする」と恐縮する内記の姿に、御前は重ねて「はッは」という笑い声を浴びせた。

御前は心底からは笑っておられない、と桜之助は直感した。

金は出しても、御前は内記や浦会を心底から信じてはおられないに違いない。

内記は恐縮した顔つきのまま続ける。

「我ら浦会は、老中田沼さま率いる公儀をお支え申しております。奥州の伊達家も猟官のために田沼さまを頼られる形を作り申しましてございまする……」

御前は内記の言葉に相好を崩して笑ったが、すぐに真顔になり内記の言葉にかぶせた。

「浦会が田沼を支える、か……今のところは、であろう」

内記は御前の言葉が聞こえなかったのか、あるいは聞こえぬふりをしたのか、黙ったまま応じない。

桜之助には御前の心の声が聞こえたような気がする。

「浦会とは、ただひたすら、公儀徳川家の永続のために動くのであろう……しょせんこの田沼も、天下の平衡を保つための錘のひとつなのであろう……」

御前のかたわらに控えていた三津田兵衛が桜之助に声をかけた。

「高瀬殿」

桜之助が兵衛に顔を向ける。

兵衛はにっこりと笑った。

穏やかで美しい笑顔だ。

「みどもは実は、田沼山城守意知。老中田沼主殿頭は父でござる」

桜之助はしばらくは、まるで夢の中にいるようなものだった。

主殿頭さまのご子息の山城守といえば、江戸留守居役の寄合でも馬鹿息子呼ばわりされ、嘲笑の的となっていた人物だ。

浦会で始終顔をあわせ、桜之助が心のうちで強い崇敬の念を抱いていた三津田兵衛が、当の山城守とは……

三津田兵衛は、桜之助に白い歯を見せた。

御前は桜之助に声をかけた。

「伯耆守殿の国家老で何と申したか……そう、生駒監物という男……白河殿にいたく心服しておるとの話じゃのう……」

桜之助は驚いて膝を進めた。

「生駒監物が、松平上総介さまと……」

御前はうなずいた。

「伯耆守殿が心ならずも奥方をいったんご実家に帰さねばならぬ次第に陥ったには、生駒監物が、『白河殿の御意向』と言いたてたと聞き及ぶ……」

白河殿と呼ばれる松平上総介定信さまは、田沼さまのやり方への反発を隠しておられない。田沼さまにとって代わって御政道を率いるという野心を隠さないお方だ。

「白河殿は宿願を果たそうと、なにやら恐ろしい神にも帰依(きえ)しているそうじゃ……やれやれ……徳川三卿（さんきょう）のひとつ、田安家（たやすけ）のご出身にして天下を志そうという御仁が怪しき呪法などに頼るとは……この田沼に言い分があるのなら、面と向かうておおせになればよいのに、のう……」

御前は屈託（くったく）なく笑うと、桜之助に告げた。

「生駒監物なる者も白河殿にあやかり、怪しげな呪法を頼みにしようとたくらんでいる様子。心得ておかれよ」

「はっ」

桜之助はあらためて両の拳を前につく。

「ときに内記……『かのもの』が未（いま）だ見つからぬとは、ちと不安じゃのう」

内記は桜之助に向き直った。

無言のまま桜之助から目を離さない。

桜之助も内記から目をそらさない。

内記は、「みきわめがついた」とばかりに軽くうなずくと、ようようのことで口を開いた。

「高瀬殿は、まこと、心当たりがないとみえる。しからばお話し申そう」

内記は続けた。

「中井大和守という人物を知っておられるかな」

以前に定九郎から見せられた浦会代々の名簿にあった名前だ。

中井大和守は江戸開府当時の大工の棟梁だ。

神君家康公に重用され、江戸や京をはじめとする各地の重要な建物を手がけている。

「伏見城、京の二条城、駿府城、名古屋城……城だけではない、知恩院、内裏、仙洞御所、日光廟……すべて中井大和守の手になる。むろん千代田の城、つまり江戸城も、の……」

桜之助は内記の言葉に黙って耳を傾ける。

「中井大和守自身も、浦会に名を連ねておった。そして公儀が浦会に手出しができぬよう、枢要なものを浦会に預けた……すなわち、千代田の城の図面じゃ」

「江戸城の図面……」

「さよう。城の隅々まで知り尽くした中井大和守の手になる図面よ。まだ徳川の世が定まりきってはおらぬ当時、豊臣に心を寄せるものの手におちれば、城は陥落いたす」

「しかし江戸城は、のちの火災のため普請が繰りかえされたのではございませぬか。さればは中井大和守の図面からは城も変わっているはず」

「図面には建物だけが描かれていたのではござらぬ」

内記はひと息つき、続けた。

「千代田の城の外より城内に忍びこむための抜け道や抜け穴が幾筋も記されているのでござるよ」

「江戸城への抜け穴……」

将軍が住む江戸城へ自由自在に入りこめる抜け穴が記された図面となれば話は別だ。

「『かのもの』とはすなわち、中井大和守の図面じゃよ」

桜之助は身をのりだした。

「かような怖ろしき物など、みどもが所持しておる道理がございませぬぞ。なにゆえにみどもがたびたび……」

「その怖ろしき『かのもの』を、そなたの前任、南條采女殿が持ち出したのじゃよ」

「なんと……」

桜之助は絶句する。

「なにゆえ采女殿が……」

「浦会への裏切りでござる……そしてわしが采女殿を斬った」

「裏切り……」

「浦会は御前……田沼主殿頭さまを支えておる。采女殿は、田沼さまを快く思わぬ者たちに内通しておったのじゃ」

「田沼さまを快く思わぬ者とは……」

内記は重々しくうなずいた。

「さよう。白河殿じゃ」

桜之助の頭のなかはくらくらと回っている。

飲めない酒を過ごしたからばかりではない。

前任者の南條采女が白河殿に内通し、浦会の大事な品、中井大和守の図面を持ち出した、とは……

内記の言葉が桜之助の胸にずしりと響いた。

「生駒監物は白河殿の意を受け、『かのもの』を血眼で探しておる。過日、高瀬殿を襲った理由もそこじゃ……まだ白河殿の手には渡ってはおらぬはず。田沼さまをお支え申し続けるためには、敵に渡してはならぬ」

内記の顔が桜之助にぐっと近づいた。

「『かのもの』を取り戻すのじゃ。高瀬殿……」

六

桜之助は御前たちの供をして『大乃』を出た。

わずかに欠けただけの月が明るい。

「気をたしかにもたねば……」

桜之助はうなじを固め、目をあげて歩みを進める。

「采女殿が白河殿に内通して中井大和守の図面を持ち出したとは……」

桜之助が図面を見つけ出し浦会に返せなければどうなるか、容易に想像がつく。

桜之助が仕える本多家だけでなく、采女がかつて仕えていた数っぺの実家の永井家も無事では済むまい。

浦会はかつては神君家康公でさえ毒殺したという。

隠然とした力を誇る浦会が、両家の取りつぶしにかかるだろう。

「中井大和守の図面、なんとしても探し出さねば……」

主家を守るためだけではない。

図面が白河殿の手に渡れば、権勢は田沼さまの手から白河殿に移る。

白河殿は田沼さまへの敵愾心を隠されてはおらぬと聞く。

天下を治める力を手にするためには何をもいとわぬらしい。

すでに反田沼の大名や有力旗本を周囲に集めておられる。

また神仏を頼みにする心もお強い。

神仏といっても大寺や名高い神社を敬うだけではない。

怪しげなまじない、邪教の類にまで深く心を寄せておられる。

なかでも霊巌島吉祥院の聖天さまへの信心が知られている。

聖天さまは恐ろしい。

願いごとを必ずかなえてくださるかわりに、聖天さまを頼った当人も存命中に没落する憂き目をみる運命にあるという。

白河殿の周辺には、おそらく薄気味の悪いまじないや邪教を駆使するものが多く従っているのだろう。

国家老の生駒監物もそのひとりかと思うと、薄気味悪い。

桜之助は御前の子息である田沼山城守さま、浦会の三津田兵衛から天下采配の考えを聞かされた。

世の中を富ませる道こそ、民の安寧に通ずるという信念だ。

また同時に桜之助は、穏やかな中に鋼のような強い意志と炎のような熱さを秘めた三津田兵衛の人柄にもすっかり惹かれている。

「田沼さま親子の治世を支えねばならぬ」

桜之助は、あらためて固く心に誓った。

田沼家の屋敷は本多家の近く、神田橋門内にある。子息の三津田兵衛も同じ屋敷に住んでいる。

「気持ちのよい夜(よ)じゃ……徒歩(かち)にてゆくぞ」

御前は駕籠を下りた。

先頭に立って時おり月を見上げながらゆっくりと歩(ほ)を進める。

御前に続いて服部内記、三津田兵衛と桜之助が続いた。

大川（隅田川）の堤(つつみ)には何本もの桜が豊かな枝をたわませている。

御前の薄紫色の羽織の肩や背に、桜の花びらが舞い落ちる。

月の光を受けた花びらは、夜目(よめ)にはただ白く見える。

白い花びらは御前の羽織に乗ると、薄紫を透かしてかすかに淡い紅色を帯びた。

桜は堤に沿ってずっと続いている。

白く浮かんだ桜が重たげに頭を下げている向こうには重い闇が続いている。

突如、内記が足早になった。

内記は先をゆく御前の前に出た。

内記とほとんど同時に桜之助も御前の前に出ていた。

内記は身体で御前と三津田兵衛を押し留める。

「御前、お下がりくだされ」

内記は闇に顔を向けたまま御前に強い口調で告げた。

内記は身を低くして右手を刀の柄にかけている。

「高瀬殿……曲者は幾人(いくにん)でござるか」

桜之助も内記と同じく身を低くして闇からの気配をうかがう。

「四人、かと……」

「うむ」

内記は二歩、三歩と後ずさりをする。

内記は御前と三津田兵衛の守りにはいり、曲者は桜之助に任せるという意図だ。

桜之助は大刀を抜きはなった。

闇の向こうの気配からすると、曲者はなかなか手強い。

鞘に収めたままの刀で打ち据えようというほどの気構えでは、切り抜けられそうにない。

桜之助は抜いた刃の柄を手の中で回すと、峰(みね)を下に向けた。

人は斬りたくはない。峰打ちにするためだ。

闇のなかで曲者の白刃(はくじん)が月の光をうけてきらりきらりと輝く。

無言の気合いとともに、闇から曲者がひとり躍り出た。

桜之助は大刀を右手一本でもったまま、曲者が飛びこんできた方向に身体を逸らす。

続いて飛びこんでこようとするふたりめの曲者に切っ先を向ける。

ふたりめの曲者は「ぐッ」とうめき、飛びこんでくるすんでのところで堪(こら)えた。

桜之助はすぐに振り向く。

飛びこんできた最初の曲者が体勢を立て直し桜之助に向かってくる。

桜之助は振り向きざまに刀を真横に払った。

ぐきッ、という厭な感触が柄から手に伝わる。

腰骨のあたりを桜之助に打たれた曲者は、ぐにゃりと崩れおちる。

続いて桜之助は正面を向くと、飛びこみ損ねた曲者と刃をあわせた。

カチンという高い音とともに小さな火花が散る。

二合、三合と刃をあわせた桜之助の大刀は、四合めに曲者の手首をとらえた。

「うぉぉ……」

苦痛のあまり獣のような叫びを上げた曲者は、刀を取り落とす。

桜之助はすかさず曲者の胴に峰打ちをくらわせた。

ぴゅ、という口笛が聞こえる。

闇の奥にあとふたり残っているはずの曲者は、桜之助に倒された仲間を置いて逃げていった。

ふたりの曲者は地に倒れ、のたうち回っている。ひとりは口の端から血の混じった細かい泡を吹いている。

(さすがに手加減はできなんだ……許してくれ)

放置しておけば、やがて仲間が戻ってきて介抱してくれるだろう。

桜之助は地に捨てた鞘を拾いあげ大刀を収めた。

ぱちり、という鍔音(つばおと)が重い。

桜之助のかたわらに内記が立った。

「曲者はおそらく……白河殿の一派でござろう……」

内記はつぶやくと、腰に差していた刀を抜いた。

普通の大刀より刀身はだいぶ短い。

「忍者刀(にんじゃとう)か……」

内記の先祖、伊賀忍びの者たちを束ねていた服部石見守半蔵伝来の刀だろうか。

内記は忍者刀を手にしたまま、桜之助に峰打ちで倒された曲者のひとりに馬乗りになった。

桜之助は目の前で何が行われようとしているのか、とっさにはわからなかった。

馬乗りになった内記の向こうで、何かが迸る飛沫が見えた。

月の光で照らされた飛沫は、暗い輝きを放っている。

重く生臭い匂いが桜之助の顔を襲う。

「血だ……」

内記は続いてもうひとりの曲者の上に乗った。

「や……止めろ」

桜之助の叫びは声にならない。

ふたりめの曲者からも血しぶきがあがる。

あたりには濃い血の匂いがまき散らされている。

内記は立ち上がると、懐から出した紙で刀を拭いた。

「せめてもの慈悲でござるよ……」

内記はつぶやく。

「役目をしくじった刺客（しかく）が白河殿にどのような目にあわされるか……」

桜之助の背筋を冷たい汗が流れ落ちる。

桜之助は白河殿……松平上総介定信という人物の名をしかと心に刻みこんだ。

「白河殿は恐ろしいお方じゃ……力を手にするためには妖かしにも魂を売る……」

内記は重ねてつぶやく。

「またたとえて申さば……そう……戯言にせよ意に染まぬものを書く者には、以後、ものが書けぬようにと手鎖（たぐさり）でもしかねぬお方じゃ」

じゃり、と地を踏みしめる音がした。

御前が再び歩を進め始めている。三津田兵衛も従っている。

ふたりは半分ほど開いた白扇で鼻と口を覆い、桜に縁取（ふちど）られた闇に向かっている。

「御前……山城守さま……」

内記は刀を収めると、小走りに御前の後を追う。

田沼父子は、行く手の闇に向かってまっすぐに歩を進めていた。

兵衛がつぶやいた。

「この曲者ども……ご老人が差し向けたものと思いましたぞ……田沼の評判があまりに

悪いゆえいっそのこと……と、のう……」

内記は「滅相(めっそう)もない」というかのように身をかがめる。

「天下の安寧のために浦会が田沼さまをお見捨て申すときには、必ず……必ずはっきりとお伝え申す……この内記がお約束仕りまする」

兵衛は白扇を顔から外し、からからと笑った。

「頼みましたぞ、ご老人……天下のためとあらば、みどもは命など惜しみはせぬゆえに……」

桜之助の前を行く田沼父子の背は、月明かりを受け燐光(りんこう)を放っているかのように見えた。

第三章　至誠（しせい）

一

十数日が経った。

春分も過ぎ水もぬるむ時候（現在の四月末）だ。

桜之助はいつもの祠（ほこら）の前から腰をあげた。

昼過ぎの江戸の日がまぶしい。

腰ほどの高さのありあわせの杉板を地に刺しただけの、名ばかりの玉垣（たまがき）が祠を囲んでいる。

朝早くからの商いを済ませた魚屋や青菜売りたちが、空（から）の荷を天秤棒（てんびんぼう）の両側にさげたままのんびりと歩いている。

「兄弟（きょうでえ）、商（あきね）えの具合（ぐええ）はどうでえ」

「へん、何とかってとこサ」

軽口をたたきながら行き交う棒手振のあきんどたちの声は軽い。

老中田沼さまの治下、江戸の町は落ち着いているかのようにみえる。

ただ西国では年明けから長雨が続いた。

また北国では昨年来の飢饉に悩まされているときく。

これから開かれる江戸留守居役の寄合では、飢饉によって財政が逼迫した諸国に対し公儀に助けを求めるべく話し合いが行われるはずだ。

服部内記の言葉が思い出される。

「我ら浦会は、えもいわれぬ世の不安や不満をいちはやくかぎ取り、天下の安定を図るのじゃ」

往来を行く者たちの顔つきは明るい。

だが飢饉や長雨の噂は江戸の町にも届いている。

御前、いや老中田沼さまへの不満が、いつ江戸の町を覆い始めるものかわからぬ。

公儀への不満が江戸の町に吹き出したら、そのときには……

「中井大和守の図面、一刻も早く見つけ出さねば」と気ばかり焦るが、いまだ手がかりすらつかめていない。

白河殿の一派も、図面を血眼で探しているはずだ。

以前に桜之助をつけてきた薄青羽織の男も、白河殿の一派だろう。

また伯耆守さま家中にあっては、生駒監物も白河殿の一派だ。

南條采女は監物の意を受けて浦会を裏切り、図面を持ちだしたに違いない。

杉板の玉垣の向こうから声が聞こえる。

「高瀬殿……桜之助殿……」

顔をあげた桜之助の目に、伊藤治右衛門の姿が映った。

桜之助は治右衛門に向けて頭を下げた。

治右衛門は芝居や芸事が好きで、浦会の宴でも世情に通じた人物として一目も二目も置かれている。

桜之助のように芝居芸事に疎い者が話の輪にはいれないでいても、上手に話題に巻きこんでくれる。

先日の浦会でも、「高瀬殿は、上方から森田座に目見栄した役者の山下京右衛門に似てござるの」などと言い立てて周囲を笑わせた。

桜之助も周囲にあわせて笑ったが、ただ治右衛門にはどことなく気の置けるところがあった。

治右衛門はふとした拍子に愚痴めいた言葉を漏らす。

「いや、みどもは直参ではござらぬので、な……」

高瀬家に婿入りした桜之助は、将軍にお目通りがかなう身分ではなくなったが、実家の谷家は旗本。将軍直参の家柄だ。

いっぽう治右衛門は将軍家にお目通りがかなわぬ御家人だ。

芝居や芸事にうつつをぬかしているからには、並の旗本よりはずっと羽振りはよいに違いないが、治右衛門の言葉には卑下した調子がこもり、いささか聞き苦しい。

治右衛門は、「国元に奥方を置かれての江戸出府、さぞご退屈であろう」と、桜之助を芝居や相撲見物に誘ってもくれる。

桜之助も芝居などものぞいてみたくもあるが、治右衛門と一緒に、と思うとどうも心が弾まぬ。

「高瀬殿は何処に参られる」

治右衛門は杉板越しに声高に訊ねる。

ずけずけと胸のうちにまで入りこもうとするような遠慮のなさも桜之助は苦手だ。

桜之助は江戸留守居役の寄合のために品川に向かう途中だ。

いつもの祠に手をあわせたあとは、寄合の前に増上寺に寄って鉄仙和尚に茶でも馳走になろうかと思っていた。

満面の笑みを浮かべた和尚から菓子をいただき、無駄話をかわす。

治右衛門の出現で、心づもりにしていた楽しみに水を差されたような気がする。

治右衛門の詮索は続いた。

「江戸留守居役の御身なれば駕籠も許されておいででしょうに、徒歩にて品川までとは……」

応じかねている桜之助にかまわず治右衛門は続ける。

「先日の『大乃』での宴の折……松山主水殿が高瀬殿に声をかけておられたの……」

「はあ……帰りがけに、でございまするが……」

主水は浦会で内記に次ぐ席次を占める。

白髪頭に薄い唇。いかにも酷薄そうな顔つきの老旗本だ。

桜之助の浦会参入のときから、なにか含むところのある目を向けていた。

宴の席で内記と話しこむ桜之助にも、鋭い視線を送り続けている。

松山主水の鋭い視線がなにを意味するのかはかりかねる日々が続くなか、珍しく主水が桜之助に声をかけた。

「どうじゃ高瀬殿……浦会は愉快であろう」

「はっ」

酔ったうえでの気安い戯言をよそおってはいるが、桜之助は主水の探るような目つきに気を引きしめた。

「ご老人……内記殿にもずいぶん目をかけられておられるようじゃが、あれでご老人、なかなかきつうござるでの……無理難題など吹きかけられてはおりますまいか」

桜之助はさらに気を引きしめる。

「いえ。無理難題などは、微塵も……なんのことやら……」

主水は桜之助から、何かを聞きだそうとしているようだ。

おそらくは、中井大和守の図面についてだろう。

主水も白河殿の一派なのだろうか。

桜之助が内記の命を受け、図面の行方を追っていると察知し、探りをいれているのではないか。

主水は桜之助に顔を近づけ、ささやいた。

「手に余ることがござったら、遠慮のう、みどもに申されよ……みどもも浦会で『求の古鉄鍔』を所持なす身。ご老人の次席じゃ。高瀬殿の力にもなれ申すで、の……」

桜之助は主水に向きなおり、きっぱりと言い放った。

「浦会では、至極楽しゅう過ごさせていただいております……ご老人から無理難題など、吹きかけられてはおりませぬ」

主水は桜之助の吐き出した言葉に、声を落として応じた。

「さようか……しからば」

主水は心底から桜之助の身の上を心配している様子にもみえる。

「いやいや、だまされてはならぬぞ」と桜之助はあらためて心に誓った。

浦会とて、どうも一枚岩ではないようだ。

誰が敵で誰が味方か、しかとみきわめねばならぬ。

二

桜之助は治右衛門に答えた。

「主水殿とは、なんということのない話をしただけでござります」

治右衛門は「ふうん……さようか」と軽くうなずいたが、なかなか桜之助を放してはくれない。

「しかし、かような小さな祠にご参詣とは……なにゆえに……深きいわれのある祠かな」

桜之助には耐えられなかった。

祠への願いは誰にも明かしたくはない。

「急ぎますするゆえ、御免」

桜之助は杉板の玉垣を出た。

顔はぐっと引き締めておく。

治右衛門のことだ、親しげに「ではみどもも同道仕ろう」とでも言い出しかねない。

治右衛門は桜之助の勢いに気圧されたようだった。

「さようか……しからば、また……」

桜之助は治右衛門と礼を交わすと、芝に向けて歩を進めた。

「伊藤殿……悪い人物ではないが、詮索好きな御仁で閉口じゃ」

寄合の場の料亭に到着した。

例によって宴ももうけられるが、江戸留守居役の寄合も、以前のように底の抜けたような騒ぎにはならない。

西国や北国の諸大名家から報告された国元のありさまが、一同の胸に重くのしかかっているかのようだ。

「不作と申しても、そう何年も続くものでもありますまい」

「さよう。なんとか今年をやりすごせばよろしかろう」

宴が進むにつれて、てんでに観測を口にするが、空々しさは否めない。

座につらなる服部内記は黙ったまま盃を重ね、一同の声に耳を傾けている。

「えもいわれぬ世の不安や不満をいちはやくかぎ取り、天下の安定を図る」という浦会を率いる者の顔だ。

諸国の江戸留守居役の面々の声から、どのように天下の安定を図ればよいかに思いをめぐらしているようだ。

桜之助の隣に座を占めていた者が問いかけた。

「伯耆守さまの奥方は、めでたく本多家のお屋敷に戻られたとか」

「いかにも。奥方には療養のためご実家に戻っておられたが、このたびようやく……」

「さようで……よろしゅうございましたな」

隣席の男は好奇の色を目に浮かべている。

世間では伯耆守さまと奥方とは不仲、という形になっている。

隣席の男は主君夫婦の不仲の様子を桜之助の口から聞き出そうとしてるのだろう。

桜之助は不快の念を押し隠し、黙ったまま目の前の小魚の佃煮を口に放りこんだ。

家中で権勢をふるう生駒監物、さらには背後にいる白河殿をはばかって夫婦不仲の顔を続けなければならない主君や数っぺの心のうちを思うとやりきれない。

桜之助は主君からも「せいぜい奥を見舞うてやるように」との命も受けている。

夫伯耆守さまの心づかいはこまやかだが数も心細い様子だ。

先日も、ご機嫌伺いに奥を訪れた桜之助に、数は立ち去っていく侍女を目で示した。

「新参の御女中でございますか」と問いかけた桜之助に、数に長年つきしたがう老女が低い声で答えた。

「国家老さまより奥向きに入れるようにとご沙汰がございました侍女で……」

「生駒監物さまの息のかかった女でございますな」

江戸の屋敷にいる奥方の数の周辺に目を光らせようという魂胆だ。

桜之助は心のうちで、「数っぺ、安心しなよ……おれが守ってやるから」と呼びかけた。

「駿河の田中の御新造は江戸には呼び寄せませぬのか」

数の問いに桜之助の胸にはずきんとした痛みがはしる。

鋭いが甘美な痛みだ。

妻の奈菜にも江戸の風を吸わせてやりたい。

田舎育ちの女だ、日本橋あたりの賑わいを見せたら目を回すだろう。

また桜之助も、奈菜の愛らしい笑顔を日々目にしていたいという思いが抑えられない。

「なにごとも、まず御役目を片付けてからじゃ」と桜之助は心に言い聞かせている。

「数も、桜之助さまの奥様に早うお会いしとうございます」

数っぺが奈菜に何を言うか知れたものではない。子供の頃のいたずらを面白がって明かされてはかなわぬ。

桜之助は黙って額の汗を懐紙でぬぐった。

数は続けた。

「そうそう……永井の屋敷の叔父御から『高瀬殿を寄越すように』と、矢のような催促が……ときには叔父御を見舞うてたもれ……数がこちらへ戻りましたゆえ、叔父御も寂しがっておるのでございましょう」

「はっ」

桜之助は馬面の叔父御の呑気な顔つきを思い浮かべた。

叔父御を思い出すと、心のなかがぽっと温かくなるような気がする。

また桜之助にも、叔父御のもとを訪れたいという理由があった。

叔父御から誘いがあったとなれば幸いだ。

桜之助は両手をついて数に答えた。

「近日のうちに、必ずお伺い申し上げます」

三

「数も息災で……それはよかった……」

叔父御は菓子盆に盛られた白い饅頭に手を伸ばし、うまそうにほおばる。

叔父御にあてがわれた座敷は、永井家中屋敷(なかやしき)でも奥まった、日の当たらぬところだ。

昼間でも薄暗いが、さすがに縁の端からは、柔らかな陽光が射しこんでいる。

桜之助は叔父御につられて饅頭を手にする。

薄い皮の奥に、餡が透けてみえる。

「名代の菓子屋ではないがの……餡の盛りがよいであろう」と桜之助に説明してくれる叔父御の声はいかにも嬉しそうだ。

(叔父御らしい……変わらぬお人じゃ……)

桜之助の心は温まるが一方では、「この分では、叔父御に訊いても無駄であろうな……」という思いも強くなる。

(まあ、訊くだけは訊いてみようか……)

桜之助の前任の南條采女は、元は永井家の家臣だ。

また叔父御とは仲がよく、死の直前まで行き来があったときいている。

浦会から持ち出した中井大和守の図面について、なにか手がかりになることがあれば、と桜之助は思っていた。

「亡き南條采女殿は、叔父御のもとを足繁く訪れていたそうで」

水を向けた桜之助に、叔父御も心底悲しそうな顔つきになった。

「そうよ。気持ちのよい男であったが、突然の死……わしも驚いたものじゃ……」

叔父御は文机に載っていた美しい色の冊子を手にとった。

桜之助も以前に叔父御から見せられた品だ。

「采女殿からもらった謡本じゃ……形見になってしもうたわい……」

叔父御は冊子をいつくしむかのように何度もなで回した。

「結崎太夫が参っております」

座敷の外から侍女の声がする。

結崎太夫は今日は、薄桃色の羽織を着ている。

「なんと太夫……目のさめるような色でござるな。春らしゅうて美しい」

叔父御は手にした冊子を文机のうえの箱に収めながら驚きの声をあげる。

「お手にお持ちだったは、南條采女殿の形見でございまするな……能のお好きな方でございましたが、残念な……形見を拝見させていただけましょうかな」

「いや、天下の結崎太夫のお目にかけるような品ではござらぬ……稽古用の謡本でござるよ」

叔父御は笑いながら箱を床の間の違い棚に載せる。

「本日は、『藤戸』のサシをお願い申す」

「かしこまりました」

叔父御の言葉に結崎太夫は羽織を脱ぎ、居ずまいをただした。

薄桃の羽織の下は銀がかった灰色の着物だ。

「舞うてみせまする。よっくご覧じろ」

結崎太夫は姿勢を正し、白扇を右の膝の前に立てた。

春のぬるんだ座敷が、急に冷え冷えとする。

「御喜びも我ゆえなれば　いかなる恩をも　給ぶべきに……」

源氏の武将、佐々木盛綱(もりつな)は、かつて平家との戦いの折、備前国(びぜんのくに)藤戸（岡山県倉敷市）の合戦で敵陣への一番乗りを果たそうともくろむ。

盛綱は地元の漁師から浅瀬のありかを教えられたが、ほかの者に知られないようにと、漁師を殺害した。

戦の後、恩賞として藤戸の領地を賜った盛綱の前に、殺害された漁師の亡霊が姿を現す。

「さるにても忘れがたや　あれなる浮洲の岩の上に我を連れて行く波の……」

結崎太夫は身体を少し前に傾け、白扇に両手を添えると左の胸に突き立てた。

一度、そして二度。

「……氷のごとくなる刀を抜いて　胸のあたりを　刺し通し　刺し通さるれば……」

結崎太夫の舞と謡の力が、見ていた桜之助の身体を貫いた。

桜之助は左胸に鋭い痛みを確かに覚えた。

結崎太夫の白扇は、するどい刃の切っ先になって桜之助に突き立てられた。

「……肝魂(きもたましい)も　消え消えと　なるところを　そのまま海に押し入れられて　千尋の底に　沈みしに……」

謡いながら舞う結崎太夫には、さながら非業の死を遂げた漁師の亡霊が乗り移ったかのようだ。

身体の幹を揺るがしもしない結崎太夫の舞に、桜之助は確信した。

（結崎太夫……剣の腕も並ではない……）

剣術の柳生新陰流の祖といわれる柳生石舟斎の高弟にも金春太夫という能役者がいたという。

能の名手にして剣の達人というに不思議はない。

ひとさし舞うと結崎太夫は座になおり、懐から紙入れを取りだした。

紙入れを開き、懐紙を取りだす。

紺色の紙入れを開くと、中は目のさめるような赤に染められている。

「これは……」

桜之助の目に、赤に染められた紙入れの裏地に押された黄金色の文様が映る。

「六連銭……」

一文銭が縦二列横三列にならんだ紋だ。

桜之助は、結崎太夫が脱いだ羽織の背中の紋も思い出した。

「あれはたしか、結び雁金……」

江戸留守居役は各家の家紋をすべて覚えるよう、同役の者から教えられている。

(六連銭といえば……真田……)

しかも結び雁金を使用する真田家は、信州松代の国主、真田伊豆守さまの家ではない。かつて徳川と戦った豊臣方の武将として知られる真田左衛門佐、通称、幸村が用いていた紋だ。

四

「はははは……しかし、高瀬殿からしきりに話を聞きたがる伯耆守殿のお気持ちは、みどもにはよっくわかりまするぞ」

三津田兵衛は笑った。

白い歯がまぶしい。

桜之助は主君の本多伯耆守さまから、時おり居所に伺候して江戸市中で見聞きしたことどもをお話し申し上げるよう命ぜられている。

「さようでございましょうか……しかし、いくら江戸生まれとは申せ、みどものようながさつ者が主君の話し相手とは……」

「いやいや、高瀬殿のまっすぐなご気性ゆえ、でござろう……みどもも屋敷からの他行などは思うにまかせぬゆえ、高瀬殿のような方と町を歩くは、まこと、愉快でござるよ」

「さようでございますか……」

大身のお歴々ともなるとなんとも不自由なものだ、と桜之助は思った。

江戸では桜の終い時分だ。

家中でも飛鳥山などに連れだって花見に出かける者たちも多かった。

あいにく桜之助は江戸留守居役の寄合や用事が続き、花見には出損なっていた。

なんだか世間から取り残されたような気分になっていたところ、田沼山城守さま……いや、三津田兵衛から誘いがあった。

兵衛は『大乃』での浦会の宴席で顔を合わせるほか、なにくれとなく桜之助に誘いをくれる。

公儀でのつとめもさぞ多忙をきわめているはずだが、ただぶらぶらと江戸の町を歩くだけでも楽しいようだ。

桜之助は、兵衛の御政道に対する考え方には完全に感服させられていた。

また兵衛の居ずまいや立居振舞いに至るまで、桜之助にはよい手本になっている。

兵衛は宴でも乱れたり声高になったりはしない。

酒はずいぶん強い様子で、杯はいくらでも重ねるが、座にじっとしたまま宴の様子を面白そうに眺めている。

ほかの者が楽しんでいるさまに喜びを感じているといった体だ。

一方で、どんな話題であっても話しかけられればたっぷりと受け答えをする。

いかにも大身の子息らしい鷹揚さが桜之助の目には好ましく映る。

今をときめく田沼主殿頭意次さまの長男という正体をあらわしたあと、桜之助は兵衛に頭をさげられて驚愕した。

「高瀬殿……なにとぞこれまでどおり、旗本の三津田兵衛としてお付き合いくださらぬか」

「なにをおおせで、山城守さ……いやいや、三津田兵衛殿……でございますな……」

額の汗をぬぐいながら応じる桜之助に、兵衛は穏やかな笑みを向けた。

桜をめでるわけではないが、春の日の江戸の町歩きは気持ちが良い。

心のおもむくままに歩くことができ、兵衛もよほどうれしいようだ。

先に立って日本橋の裏通りに入っていく。

表通りよりは、狭い間口の小店が並んでいる裏通りが珍しいようだ。

兵衛は小さな道具屋の店先に並べられていた根付に目をとめると、「ほほう……この細工はなかなかのものじゃ。江戸のものではない、おそらくは京の職人の手になる品じゃ。ほれ、この切り口の細かさはどうでござろう……」と桜之助を相手に熱心に説明を始める。

また物乞いに出会うと、すかさず懐から例の革袋を取りだす。

銭を与えながら兵衛は決まって物乞いに身の上を訊ねた。

「そうか、そなたの村ではかようなありさまか……」

「もう二年も米ができぬか……蓄えの米蔵も、金に換えられて空であるか……」

物乞いの話を聞きながら兵衛は唇をかみしめる。

御政道の一翼を担う者としての無力を思い知らされ、苦痛に耐えているかのような顔になる。

「日照りや長雨は天の采配でございます。どうしようもないではございませぬか」

辛そうな様子をみかねた桜之助が声をかけると、兵衛はまっすぐに桜之助に顔をむけた。

「いや。そうではござらぬ」

声は穏やかだが、有無をいわせぬ力が込められている。

「民の苦しみを天のせいにはできませぬ。天の采配がいかなるものであっても、民の安寧を保つことこそが御政道をあずかるもののつとめ。武士たるもののつとめと心得ておりまするが、いかがかな」

桜之助は黙ってうなずいた。

兵衛の覚悟に、胸がすっと晴れる思いだ。

兵衛もうなずき返すと、左腰に差した武士の魂、大小の刀をぽんぽんと手で軽くたたいた。

突然、少し離れた小橋のたもとで男たちのわめき声が起こった。

桜之助は騒ぎが起こったあたりに目をやる。

兵衛はすでに騒ぎに向けて走り出していた。

兵衛の身に何かあっては一大事(いちだいじ)だ。

桜之助はすぐに兵衛の後を追った。

昼日中(ひるひなか)から酒を飲んでいるらしい若い侍たちが数人、うずくまった人影を取り囲んでいる。

正体のない生酔いの大声があたりに響いた。

「うぃぃぃ……行き当たっておいて、ただ詫びだけで済むはずもなかろう」

「着物の裾に泥も跳ねておる。勘弁ならぬ」

「そこへ直れ……ぶ、ぶ、無礼討ちにしてくれるわ……」

うずくまった人影を足蹴にするものもいる。

ろくにものも食べずに弱り切って足元もおぼつかぬ物乞いが、酔った若侍たちに当たったものとみえる。

もしかすると、物乞いをいじめてやろうと、酔っぱらいたちがわざとぶつかっていったのかも知れない。

「いかがいたしましたかな……物乞いが行き当たったのでございますか。はは、礼儀をわきまえぬものでございますするな」

兵衛は怖れる様子もなく、酔っぱらった若侍たちの前に立ちはだかった。

気負いも何もない、ただ穏やかな笑みを浮かべているだけだ。

「しかし天下の往来にて、大声を発するも異なもの。ここはご堪忍なさるがよかろう。お通りなされい」

「なんだぁ……」

生酔い侍のひとりが兵衛の前に顔を突きだした。

「ご堪忍なさるがよかろう、お通りなされい……だとぉ……おもしろい、貴殿が代わって相手をされると申すか」

「いやいや、そうではござらぬ。武士たるもの、往来にてかかる振舞いはいささか見苦しゅうござるによって……」

「なにぃ……」

兵衛の言葉に、生酔い侍たちはますますいきり立つ。

ひとり穏やかな笑みを浮かべて諄々と理を説く兵衛の姿は立派ではあるが、なにしろ相手は酔いどれたちだ。

「見苦しい、とは言語道断」

「さ、さ、刀を抜けい。相手になろうぞ」

兵衛にむかって口々にわめきたてる。

数をたのみ酒の力を借りて狼藉をはたらく者たちだ、本気で刀を抜いて斬りあう覚悟などはあるはずもないが、どんな間違いが起ころうやも知れぬ。

「御免」とばかりに桜之助は、兵衛と生酔い侍たちの間に割って入った。

「き……貴殿はなんじゃぁ」

まともに顔に浴びせられる酒臭い息を我慢しながら、桜之助は生酔い侍に告げた。

「代わりにみどもがお相手つかまつろう。最初はどなたかな」

理屈が通らない者が相手だ。

剣の腕を頼みにするやり口は桜之助も好まないが、致し方がない。

桜之助は刀を差した左腰にあてた左手の親指に力をこめた。

カチャリと音をたて、刀の鯉口を切る。

生酔い侍たちは、同時に一歩二歩と後ずさりをする。

中には「なにい……」といきり立つ者はいたが、酔ってはいてもすぐに腕前の差を思い知ったのだろう。

「本日のところは貴殿に免じて許してつかわそう」などと口々に言いたてながら去っていった。

相手の姿が見えなくなったところで、桜之助は振り返った。

兵衛は革袋を手にしたまま、きょろきょろとあたりを見回している。

「あの物乞いの姿が見えぬが……」

「我らが相手をしている間に、逃げ出したのでございましょう。存外、素早いものでございまするな」

「さようか」

兵衛は少し寂しそうな顔になり、革袋を懐にあらためた。

遠くから呼び交わす声が聞こえる。

「おおい、きの字の奴ァ、うまく逃げたか」

「ああ……親切なお侍が助けてくだすったようだ」

物乞いたちが、いじめられていた仲間を気づかっている。

桜之助は訊ねた。

「山城守さま……いや、兵衛殿は腕に覚えはおありなのでございますか」

「いや。全く」

兵衛は涼しげな顔で応じる。

「かような無頼の輩にむやみにかかわっては、御身があぶのうございますぞ」

「さようであった……だが、あわれな物乞いが無体な目に遭うているありさまに、我慢がならなくなったのじゃよ」

「ではございましょうが、お立場をお考えあそばせ」

語気を強めた桜之助に、兵衛は少し悲しそうな顔になった。

「さようであった。高瀬殿、許してくれい」と頭をさげる。「高瀬殿に甘えておったわ……」

「まかり間違えば、斬られておったやも知れぬのですぞ」

斬られる、という桜之助の言葉に、兵衛は晴れ晴れとした笑顔になった。

「みどもは斬られるなどは、怖れてはおらぬ」

兵衛の目に強烈な光が宿る。

桜之助は兵衛の目の光に射すくめられたようになった。

兵衛は穏やかな声で続ける。

「天下安寧のためならば、みどもは喜んで斬られようぞ」

兵衛はあらためて左腰の大小をぽんぽんと叩いた。

「このように大小をたばさんではおるが、の……実はみどもは、刀など抜いたことはないのじゃ」

桜之助は訊ねる。

「さすがに手入れはなさりましょう」

「いや、手入れも近習のものに任せておった。真実、みどもは刀を抜いたことはない」

兵衛の声には、何事があってもゆるがぬ強靭(きょうじん)さが秘められていた。

「みどもは生涯、刀は抜かぬ」

五

何日か後、桜之助は兵衛からまた誘いを受けた。

「芝居見物にお付き合いいただけませぬか」

武士でも芝居好きは多い。

浦会の伊藤治右衛門からも再三にわたって芝居見物に誘われているが、桜之助はさして芝居を好むわけではないと断ってきた。

治右衛門からの誘いには気がのらなかった桜之助だが、兵衛からの誘いは嬉しかった。

「芝居見物にございますか……みどものような者がお供で、御意に召しまするかどうか……」

「なあに、みどもの奥が芝居好きで……みどもも奥の供でござるよ」

口元から白い歯をのぞかせた笑いは美しくさわやかだった。

山城守さまの奥方は、老中筆頭、松平周防守さまの御息女だ。

かような御方が市井のものに混じって芝居見物をするとは、と桜之助も驚いた。

「いや、昨年の暮れには市村や森田の芝居で故障があったとやら。結句、顔見世は中村座だけだったのじゃ……森田はまだ閉めたままじゃが、市村の小屋はようやく普請をし直しというから、幕は開きましょう……」

中村森田市村の江戸三座は、毎年十一月になると翌年に契約をした役者をそろえた芝居を上演する。

『顔見世』だ。

年が明け初春の演目は、曾我兄弟の仇討ちの世界を借りた『曾我物』と決まっている。

三座のうちのひとつ市村座は、暮れに内紛が起こり顔見世は早々に打ち切りとなったという。

ようやくもめ事も収まり、人気役者の松本幸四郎を座頭にした舞台の幕が開くはこびとなった。

三月ではあるが市村座にとっては年明けの最初の興行というので、曾我物がかかるという。

「小屋に掲げられた看板によると、『寿萬歳曾我』という外題でござる」と兵衛は桜之助に教えてくれた。

奥方の供で……と言ってはいるが、兵衛もなかなかの芝居好きに違いない。

「ご迷惑でなければ、同道仕りまする」

「ご多忙のところ、いたみいり申す。楽しみでござるよ」

兵衛は「芝居は明け六ッ（午前五時ころ）に開幕でござる。高瀬殿も遅れませぬよう」と桜之助に告げる。

桜之助は（うへぇ……夜明けから芝居を見るのか……）と驚いた。

芝居小屋は夜明けとともに太鼓を打ち鳴らし客を入れるが、武家や商家の奥方の芝居見物はゆっくりしている。

幕開きすぐの端場は捨てて、贔屓の役者の見せ所を狙って桟敷に収まるという寸法だ。

幕開けから小屋に入って見物するとは、兵衛夫婦は根からの芝居好きなのだろう。

桜之助は兵衛との芝居見物が楽しみになってきた。

春とはいっても朝はまだ肌寒い。

桜之助は夜の明ける前に神田橋門外の上屋敷を出た。

どの家中でも外出は日のあるうちでないとやかましいが、江戸留守居役のように公儀や他家の都合で動かねばならぬ役目は別だ。

桜之助ははじめて江戸留守居役をありがたいと思った。

朝早くにもかかわらず、商いの者や仕事に出る職人たちで往来はにぎわってくる。

葺屋町に近づくにつれて往来の人の数が増してきた。

遠くからどろんどろんと太鼓の音が聞こえてくる。

太鼓の数はひとつではない。

葺屋町の市村座と近くの堺町の中村座が、櫓の太鼓で幕開き間近を知らせているのだ。

往来の者たちの足は次第に早まっているように思える。

夜明けとともに始まる芝居を見に行こうという連中だ。太鼓の音に矢も盾もたまらず早足になるのだろう。

仕事を休んで芝居見物に繰り出す職人衆や棒手振のあきんどたち、町のおかみさんや娘たち。

裕福そうな商家の隠居らしき老人も若い女に手を引かれながら歩いている。後ろからは料理の詰まった重箱の包みをさげた下女が続く。

重箱はかなりの重さのようだが、下女も芝居見物が楽しみなのだろう、顔を真っ赤にしながら隠居と若い女に遅れまいとついていく。

武家らしい姿も見かける。

表向きは武士の芝居見物は御法度、禁止とされている。

ゆえに芝居見物の武士のなかには、編み笠をかぶったり白扇を半分広げて顔を隠している者もいるが、たいていは桜之助と同じく平気であたりまえに顔をさらして歩いている。

「楽しみごとをなにゆえにはばからねばならぬのじゃ。武士だろうと町人だろうと、楽しきことは等しく分かちあえばよい」という田沼さまの時代の風ゆえだろう。

太鼓の音ははっきりとしてきた。

市村座の巨大な屋根が見えてきた。

上り始めた朝日を受けて櫓のあたりがきらきらと光っている。

「高瀬殿、おおい、おおい……」

桜之助は声のするほうに顔を向けた。

立ち並ぶ芝居茶屋のうちの一軒の前で、三津田兵衛が桜之助に手を振っている。

桜之助は兵衛に向けて軽く頭を下げた。

田沼山城守という歴とした大名でありながら、芝居見物に押し寄せる町人たちとかわらぬ振舞いだ。かわらぬどころか、芝居町(しばいまち)の雑踏のなかでも兵衛はひときわ物馴(ものな)れてみえる。

「高瀬殿も芝居が楽しみだったとみえますの……ずいぶん足早で茶屋の前を通り過ぎるところでござった」

「みどもが足早に……これはしたり」

周囲につられてつい早足になっていたかと思うと、我ながらおかしい。

「奥でござる……これ、高瀬桜之助殿じゃ、いつぞやの、な……」

兵衛と並んでいた奥方が桜之助に頭をさげた。

老中筆頭松平周防守さまの御息女でありながら、深窓（しんそう）育ちのようではない。

夫の兵衛と同様、市井の雑踏、芝居町の騒がしさも楽しんでいる様子だ。

奥方はまだお若い。おそらく桜之助とかわらぬ年格好だろう。

目に映るものすべてが楽しくてならない様子が顔にも表れている。

奥方はくりくりした目で桜之助の顔を眺めている。

まだ娘らしい気質が残った奥方だと見受けられたが、兵衛の「いつぞやの」という言葉にきっと顔を引き締めた。

「いつぞやは義父（ちち）と夫の危地（きち）をお救いくださいまして……かたじけのうございまする」

桜之助に向かって頭を下げる様子に、大身の武家の奥方らしい折り目正しさが浮かんだ、のだが――

奥方の顔つきはすぐに崩れた。

兵衛が奥方を叱る。

「これ……高瀬殿の顔を見て笑うなどということがあろうか……無礼であろう」

奥方はすぐにまた顔を引き締めたが、どうにも笑いをこらえきれない様子だ。

「お許しくださいませ、高瀬さま……」

奥方は桜之助に詫びた。

「高瀬さまが、あまりに似ておりますので……はい、上方から森田座へ参りました役者の大坂屋……山下京右衛門に……」

上方の山下京右衛門なる役者の名は以前に耳にした気がする。

たしか伊藤治右衛門が、桜之助が似ているといって興じていた役者だ。

三津田兵衛は奥方の笑いぶりに、さらにあわてている。

「これ、ひとかどの武士に向かって役者に似ておるなどとは不躾に過ぎるぞ……高瀬殿も気を悪くなさろう……」

たしかに、浦会の宴席で治右衛門に言い立てられた折は、あまりよい心もちではなかった。治右衛門は、桜之助が怒り出したりでもすれば「酒席の戯言でござるよ」などとすぐに言い逃れをしただろう。

奥方には治右衛門のような底意は微塵も感じられない。

あけすけな興じ方が、かえって桜之助を楽しい気分にさせてくれる。

「さようでございまするか……京右衛門なる役者、みどもは存じませぬが、一度見たいもので……」と桜之助が応じると、奥方はくりくりした目をさらに見開いた。

「よい考えがございます。森田の芝居は『飛馬始射矢屏風』とかいう俊寛ものだったそうにございますが、何があったやら、取りやめになった由……高瀬さま、次の森田の芝居は、是が非でもご一緒に見物いたしましょうぞ」

奥方は兵衛に向かって「殿、よろしゅうございますね」と念を押している。

兵衛もさすがに苦笑するばかりだった。

兵衛のなじみの芝居茶屋から桟敷に案内される。

桜之助も兵衛も茶屋に刀を預けて小屋に入った。

平土間はすでに客でいっぱいだが、桟敷はほとんどが空いている。

桟敷を取るような客で、夜明けとともに始まる芝居を最初から見物しようなどというものは少ないのだろう。

乾いた高い音でチョン、と柝が入る。

舞台には小さな駕籠があらわれた。

駕籠の先棒を担いでいる男は立派な鼻の持ち主だ。

平土間につめかけた客から声がかかる。

「親玉ぁ」「待ってました」

『鼻高』の異名を取る座頭の松本幸四郎だ。

後棒は、渋い名優として知られる中村仲蔵。

駕籠からすっと姿を現した女は中村里好。

江戸歌舞伎の評判記でも、若女形の最高位、『上々吉』の印がつけられている。

兵衛も奥方もそろって舞台に顔を向け見入っている。

ふたりの様子を眺めていると、互いを慈しみあっている仲のよい夫婦だとしみじみと思わされる。

(いつか田中から奈菜を江戸に連れてきて芝居を見せてやろう)

桜之助は生まれて初めて江戸の芝居を見る奈菜の顔つきを思い浮かべた。

小屋の活気、役者の美しさに、ただぼおっと口をあけて眺めているだろう。

芝居見物のほかには、江戸の旨いものもたらふく食べさせてやろう。

それから日本橋だ。田舎ではついぞお目にかかれぬ目のさめるような反物を選ばせてやろう……

桜之助は平土間から向けられている目に気がついた。

覚えのある鋭い目つきだ。

桜之助はそっと横目で平土間に目を向けた。

古羽織(ふるはおり)に白髪の目立つ鬢(びん)、武家の隠居然(いんきょぜん)とした姿だが間違いない。

松山主水だ。

主水は桜之助に気づかれたと悟るや、顔を舞台に向けた。

主水の少し前に髷(まげ)を結わずに総髪にした男客がいる。

顔を少し傾けた拍子(ひょうし)に、桜之助は総髪の正体を知った。

普段は上に立てた髷をおろしているが、公家侍の浜島新左衛門に違いない。

花道では、お家の重宝(ちょうほう)の沢潟鎧(おもだかのよろい)を首尾よく手に入れた赤ッ面(つら)の忠臣が意気揚々と引き揚げていく。

奥方が兵衛に向こうの桟敷を目で示した。

「大奥中老(おおおくちゅうろう)の山瀬(やませ)さまではございませぬか」

「どれ……ほう、まことじゃ」

桜之助もつられて向こうの桟敷に目をやる。

御簾(みす)を少し下げた奥に、よく肥えた女の姿が見える。見るからに重たそうな衣装を身にまとっている。

桜之助の目は、桟敷のすぐ下の平土間に釘付けになった。

見間違えようもない。

後藤頼母と沢松伊織が並んで舞台を見物しているではないか。

舞台では芝居が進んでいる。

里好が扮する善玉の舞妓が、悪玉の女に草履でさんざんに打たれる。

「あれ、草履打ち……」

奥方が嬉しそうな声をあげる。

兵衛も奥方に応じてささやく。

「次の森田の芝居は『岩藤』らしいゆえ、張り合う趣向であろう」

悪女の岩藤を主人公にした芝居は数多い。

岩藤ものの芝居では、善玉が岩藤によって草履で打たれる場面が必ず盛りこまれている。

市村座では、商売敵の森田座でまもなく上演される岩藤ものに先んじて草履打ちの場面を取り入れた形となる。

「葺屋町から木挽町に向かって舌を出したのじゃな」と兵衛は面白そうに笑った。

堺町の中村座、葺屋町の市村座、木挽町の森田座の江戸三座は、小屋ぐるみで張り合いながら芝居の世界を盛り上げている。

兵衛や奥方のような芝居好きも、ただ舞台で展開される筋立てだけではなく、楽屋内の事情までもひっくるめて楽しんでいる様子だ。

桜之助は兵衛と奥方との話に耳を傾けながら、平土間への目配りを続けた。

松山主水、浜島新左衛門、後藤頼母、沢松伊織といった面々が市村座に来合わせた理由はなんだろうか。

皆、ときおりこちらの桟敷の様子をうかがっている。

桜之助と目が合うと、さりげなく再び目を舞台に向ける。

盗賊あがりの浜島新左衛門などは、桜之助の目に射すくめられたかのように露骨にぶるぶるっと首を縮める。

一同は松山主水の差し金で集まったのだろうか。

先日、田沼父子が桜の堤で襲撃された一件を思い出す。

服部内記によれば、曲者は田沼さまを快く思わぬ白河殿の一派だ。

主水以下の者たちもやはり白河殿の一派で、兵衛を、いや田沼山城守さまを狙っているのだろうか。

「そうか……松山主水は……」

田沼さまをお支え申している浦会にあって、主水とその一派は裏で白河殿と気脈（きみゃく）を通じているのだ。

供も連れず芝居見物にきた兵衛を襲撃して亡き者にしようという魂胆(こんたん)やも知れぬ。

「許せぬ……」

桜之助の身体の奥から熱い怒りの念がわき起こってきた。

刀は茶屋に預けてきたから丸腰(まるごし)だ。

芝居中はなんとも手出しできぬが、帰途(きと)に主水たちが襲いかかりでもしてきたら……

平土間といわず桟敷といわず、どっという大きな声が小屋中からはじけ飛んだ。

舞台上でさんざんに草履で打擲(ちょうちゃく)された里好が、悪玉を刺し殺す。

刺し殺されて舞台から引っこんだ悪玉の役者は早替わりをして、今度は里好を迎えにきた下男として登場したのだ。

「できましたぁ」「お見事(みごと)ッ」

平土間から声が飛ぶ。

向こう側の桟敷の大奥中老も身を乗り出している。

「幾蔵(いくぞう)の早替わり、一人二役。見事でござるな」

兵衛の声に桜之助もうなずき、心のうちで答えた。

（一人二役早替わりの名手なら、浦会にもおりますぞ）

桜之助の目は平土間の松山主水の姿をしかととらえていた。

六

芝居がはねると桜之助と兵衛、奥方は芝居茶屋に戻った。

座敷で茶菓(さか)が出される。

餡を粒の荒い粟餅(あわもち)でくるんだ菓子は、肉桂(にっき)が利いてて実に旨い。

桜之助は遠慮なく指でつまんだ餅を口に放りこんだ。

奥方も桜之助に負けず、楊枝を器用に使って目の前の餅を片付けている。

兵衛は菓子には手をつけず濃茶だけを飲んでいる。

奥方は桜之助と目が合うと、茶碗で顔の半分を隠したまま笑った。

茶碗の縁の向こうに、奥方の三日月形(みかづきがた)になった目が見える。大身の武家の奥方には似合わぬ娘らしさだが、下卑た感じや蓮葉(はすは)さは微塵も感じられぬ。

桜之助は、兵衛と奥方に礼を言った。

「かように楽しき時を過ごすは久方ぶりにござります」

奥方は目を三日月にしたまま桜之助をからかうような口調で応じる。

「次はなにとぞ、御新造をお連れあそばしませ、高瀬さま」

奥方は茶屋のものに命じて大坂屋、山下京右衛門の絵姿を買ってこさせた。

「高瀬さまによく似ておりますゆえ、国元の御新造へのお土産に」

桜之助は奥方の志をありがたく受け取った。

座敷の前に茶屋の女将が姿をあらわした。

「堺屋……里好さんが山城守さまにご挨拶をと申しておりますが……」

兵衛は女将に向き直る。

「こたびはみどもは山城守ではない。三津田兵衛として参っておる。微行ゆえ、気遣い無用にねがおう」

「御意」

如才なく応じた女将に兵衛は重ねて告げた。

「わしは高瀬殿と酒を酌み交わしたい。支度を頼む。迎えはきておるかの」

「はい。神田橋の御屋敷よりお迎えの奥様の御駕籠は、すでに控えておりまする」

奥方は兵衛に向かって、「ごゆるりとなさいませ……御酒を過ごされませぬように」と挨拶をする。

兵衛は奥方に「わかった、わかっておる」と応じた。

市村座の平土間に顔をそろえていた松山主水たちが気になる。
桜之助は奥方とともに立ちあがった。
「先日の曲者(くせもの)の件もございますれば、みどもがあたりをお調べ申す」
茶屋の前には駕籠が一台控えている。
むろん漆塗りで定紋(じょうもん)が打たれている本格の駕籠ではない。
黒羅紗(らしゃ)の日覆いに黒塗りの担ぎ棒。
御忍駕籠(おしのびかご)だ。
桜之助は茶屋の前から駕籠に乗る奥方を見送った。
「では高瀬さま……お頼み申します……」
桜之助に向けて腰をかがめ、奥方は駕籠におさまった。
駕籠の前後には警護のものもついている。
主水たちの企みが何かはわからぬが、奥方に危難が及ぶ気遣いはなかろう。
桜之助は、遠ざかってゆく駕籠に向かって頭を下げた。
顔を上げた桜之助は、往来をはさんだ向こうに立っている侍の姿に気がついた。
編み笠に顔を隠してはいるが間違いない、松山主水だ。
主水は右手で編み笠の縁を押さえた。

桜之助には、主水が顎をかすかに引いたように見えた。なぜか桜之助に向かってうなずいたようにも見える。

桜之助は左右にも目を走らせた。

左右の十間（およそ一八メートル）ほど先にも編み笠の侍がいる。

後藤頼母と沢松伊織だ。

両人とも主水と同じく編み笠の縁に手をかけた。

何の合図なのだろうか。

芝居小屋の平土間にいたもののうち浜島新左衛門の姿だけは見えない。

盗賊あがりという新左衛門だ、姿を隠して桜之助を見張っているに違いない。

桜之助と兵衛がいる芝居茶屋は主水たちによって取り囲まれた形になる。

桜之助はしばらく茶屋の前に立ち、三人の気配をうかがった。

すぐにでも襲いかかってこようという殺気は感じられぬ。

桜之助は茶屋の座敷に戻ろうと覚悟を決めた。

主水たちの腕前のほどはしかとはわからぬが、取り囲まれては逃げもできぬ。

桜之助が力の限り兵衛を守るしかない。

桜之助は座敷に戻り、兵衛と杯を重ねた。

兵衛は饒舌(じょうぜつ)になっていた。

桜之助を相手に御政道を語り続けている。

「公儀は農(のう)と商(しょう)を勧めねばなりませぬ。武士といえど、ただのうのうと、民の生み出した成果を貪(むさぼ)っておるだけではなりませぬ」

兵衛の口調は熱を帯びてきた。

酔ってはいるが、澄んだ声で理路整然とした兵衛の話に桜之助も引きこまれていく。

「ゆえに印旛沼の干拓は、是が非でも成し遂げられねばならぬ一大事なのでござる」

言い放って兵衛は杯を空けた。

下総の印旛沼は周囲が十二里ほど。鹿島川(かしまがわ)や神崎川(かんざきがわ)が流れこんでできた沼だ。

印旛沼から出る長門川(ながとがわ)は坂東平野(ばんどうへいや)を太く貫く利根川(とねがわ)につながっている。

利根川が増水すると、長門川から印旛沼に水が流れこみ、沼の周辺は水害にみまわれる。

古来から印旛沼の氾濫を止めようとさまざまな手が打たれてきたが、成果はあがっていない。

老中田沼さまは、昨年から印旛沼の治水工事にかかっている。

印旛沼の西端の平戸沼(ひらどぬま)から検見川(けみがわ)まで、四里あまりの掘り割りを作り、印旛沼の水を江戸湾に流してしまおうというもくろみだ。

兵衛は懐から出した白紙に矢立の筆で絵図を描きながら、桜之助に沼干拓の方法を熱心に説き始めた。

「……かように致せば、坂東の地に広大な田畑があらたに生まれますぞ……」

桜之助の目には、胸をはる兵衛の姿が頼もしく映った。

さすがは老中田沼さまのご子息だ。

「父に代わりて、みどもが印旛沼で陣頭に立ちたいものじゃ」

桜之助は素直な気持ちで兵衛に向かって頭を下げた。

「ご立派なお志にござります、山城守さま」

兵衛は桜之助の声に、ふと我に返ったかのように顔をなでた。

「いや……ちと酒が過ぎたようじゃ……芝居見物のあとに無粋な話で興ざめであった……」

「いえ、実に面白うございました」

桜之助は続けた。

「山城守さまが印旛沼で陣頭に立たれる折には、みどももお供いたしまする」

「さて、かようなことをしては高瀬殿の御主君、伯耆守殿に叱られるわ……」

兵衛と桜之助は顔を見合わせて笑った。

女将に送られて桜之助と兵衛は芝居茶屋を出た。

もう日はとうに暮れているが、茶屋から漏れる灯りで芝居町は明るい。

兵衛はかなりの量の酒を飲んだはずだが足元も乱れてはいない。

「お迎えの御駕籠は……」と探す桜之助に兵衛は、「芝居町に武家駕籠などは興ざめゆえ、中橋のあたりに待たせておりまする」と答えた。

兵衛らしい気遣いだ。

桜之助は向こうの茶屋に目を走らせた。

松山主水は先ほどと寸分も違わぬ編み笠姿で店先に立っている。

左右にも後藤頼母や沢松伊織が同じく編み笠を被ったまま立っている。

（われらを待ち構えておるのか……ご苦労千万な……）

桜之助はぐっと息を詰め、主水たちに目を走らせる。

離れたところから野太い男の声が響いた。

「あいや、待たれい……」

声とともにずかずかと男が桜之助たちに近づいてくる。

とっさに桜之助は右手を大刀の柄にかけ、半身になった。

身構えてはみたものの、相手は声の大きさといい、近づいてくる身のこなしといい、たいして武芸のたしなみがあるものとは思えぬ。

（松山主水の一派か……）

大刀の柄に手を置いたまま桜之助は主水たちの様子に目を走らせる。

主水たちも編み笠を撥ね上げ、左手で帯に差した刀をぐっと下げている。

が、主水たちは男にあわせて動き出そうとはしない。

桜之助と兵衛を遠巻きにして様子を見守っている体だ。

芝居町のような人通りの多いところで騒ぎは起こしたくはないというかのように見える。

桜之助は近づいてくる男と兵衛の間に身体を割りこませた。

「何者ッ」

桜之助はさらに顎を引き相手をうかがう。

男はずかずかとした歩みをとめた。

「田沼山城守殿でございまするな」

男は息を弾ませながら兵衛に訊ねた。

目は血走り、常人（じょうじん）のようではない。

桜之助の姿など目に映ってはいないかのようだ。

桜之助は兵衛にかわって答える。

「人違いであろう。こちらは三津田兵衛殿と申し、旗本の……」

桜之助の言葉をさえぎるようにして、兵衛がすうっと前にでた。

兵衛は顔をまっすぐに男に向け答えた。

「いかにも。田沼山城守である」

穏やかで柔らかい口調だが、同時に力あふれる声だ。

桜之助も時ならず兵衛が示した威厳にうたれた。

男は目の前の兵衛に向かって、さらに大声で続けた。

「田沼父子はいたずらに賂(まいない)を貪り、民の間に贅沢瀟洒(ぜいたくしょうしゃ)の風を起こしておる……即刻(そっこく)、公儀の職をすべて辞し、蟄居(ちっきょ)なさるがしかるべしと存ずる」

男の眉はまっすぐに太い。四角ばった顔からして、見るからに一本気の男のようだ。

兵衛は顔色ひとつかえず、男に告げた。

「貴殿もお名乗り召されい……礼法でござろう」

男は兵衛の穏やかな調子に、逆に気勢を削がれた様子になった。

兵衛から無礼をとがめられ、男は悔しそうに口をゆがめた。

太い眉が両方とも『へ』の文字の形に曲がっている。

男は「ぐうぅ……」としばらくうめいた後に、大声で名乗った。

「拙者(せっしゃ)は旗本新番士(はたもとしんばんし)、佐野善左衛門政言(さのぜんざえもんまさこと)と申す。お顔は忘れませぬぞ、山城守さま」

第四章　厭離（おんり）

一

「遠慮のう、いただきましょう」

鉄仙和尚は両手を合わせると、蒸羊羹の一切れを楊枝でさらに小さく切った。

いつもはぼろぼろの破れ衣を身にまとっている和尚だが、今日は目の醒めるような緋色の衣だ。衣の袖は長く、和尚がすっぽり隠れてしまいそうだ。

食いしん坊の和尚らしく桜之助の土産の蒸羊羹に楊枝を伸ばすが、いささか袖を持て余している様子がおかしい。

「御坊……その衣は……」

桜之助は思いきって和尚に訊ねる。

和尚を知ったころは、増上寺の境内に許されて庵を結んでいる乞食坊主としか思えなかった。

何度か庵に足を運ぶうちに、和尚がかなりの徳を積んだ僧、智識であるとわかってきた。が、まさか浄土宗六大本山の一、関東十八檀林筆頭の三縁山広度院増上寺において枢要な地位にある高僧とは思ってもいなかった。

和尚は平素とかわらぬ屈託のない様子で桜之助に答える。

「ちと当寺で仏事がございましてな……この雨の中、境内を衣を着けて歩くには難儀しましたぞ……」

聞けば和尚は緋の衣の両袖を背中でくくり、不乱坊に裾を持ち上げさせて仏事の行われる道場まで赴いたという。

身の丈の高い不乱坊が腰をかがめ、片手で傘、もう片方の手で和尚の緋の衣の裾をつかんで持ち上げながら歩くさまを思い浮かべる。

とっさに「それは御坊にも……ご苦労千万で……」と口をついて出たが、坊さまに向かって「ご苦労千万」とは、ふさわしくはあるまい、と思うと、なおさらおかしい。

和尚はもごもごと口を動かしながら、しばし蒸羊羹を味わっている。

不乱坊が、湯気をもうもうと立たせている茶碗を和尚の前に置いた。

焙じた茶の香ばしい匂いが庵にただよう。

「梅雨も終わろうというに、このところ冷えますのう……」

「さようで。熱い焙じ茶が身にしみまする」

桜之助は焙じ茶をひとくち啜った。

和尚も焙じ茶を口にすると、ようやく人心地がついたようだ。

いつものように満面に笑みを浮かべている。

「さすがは鈴木越後でございます。ほくほくとした甘味が身にしみまするぞ」

桜之助が土産にたずさえた菓子は、日本橋の名高い菓子匠、鈴木越後の蒸羊羹だ。

「近ごろでは寒天を用いた練り羊羹がはやっておりまするが……」

和尚はさも一大事を告げるかのような重々しい顔つきをしている。

「まだ粒立ちが荒うございまして、な……鈴木越後あたりが練り羊羹を手がけるようになれば、もそっと肌理の細やかな仕上がりになるでありましょうに……」と至極残念そうだ。

　寺の法事で着用する正装の緋の衣のままで菓子にかぶりつくなどという姿を桜之助の目にさらした照れ隠しだろうか、和尚はすました顔で「着替えまするで、ちと御免」と立ち上がった。

和尚は麻布を横棒から垂らしただけの粗末な几帳の向こうに消える。

桜之助は庵をぐるりと見回した。

外は雨だ。

萱でふいた屋根の下に突き出した板庇に雨が当たる。

雨音が桜之助の耳にも届いている。

雨は冬の雨のように冷たい。

和尚が戻ってきた。

平素と同じ赤茶けた破れ衣だ。

和尚は「やはり存外、冷えますのう……」とつぶやき、囲炉裏に火をおこすよう不乱坊に命じた。

「六月に入った（現在の七月初旬）というに、囲炉裏に火をおこすとはのう……」

桜之助は子供のころの雨の日を思い出した。

外へ遊びにも出て行かれず、屋敷でじっとしているほかはない。

雨の湿気が庵のなかに懐かしい匂いを運んでくる。

境内の草木や屋根の萱、庵の板壁が湿り気を帯びた匂い。

雨に倦んだ子供のころの気持ちがよみがえる。

桜之助は和尚に、田沼山城守さまとの芝居行きの話をした。

山城守さまに対する尊敬の念も和尚に話した。

和尚は深くうなずき、桜之助の話を聞いていた。

芝居茶屋の前で佐野善左衛門なる者の闖入はあったが、桜之助は山城守を無事に屋敷まで送っていった。

松山主水たちは姿を消したかにみえたが、桜之助は気配をしかと感じていた。

「みどもが神田橋門外の伯耆守上屋敷に戻るまで、後をつけてくる気配は消えませなんだ……いまだみどもは、中井大和守の図面を手に入れてはおりませぬが、敵もなんとか手がかりをと思い、みどもをつけ狙うておるのでございましょうか」

和尚は桜之助に訊ねた。

「盗賊あがりの公家侍は別といたしまして、松山さまや後藤さま、沢松さまの腕前のほどは……」

桜之助は少し考えてから答えた。

「沢松殿は身の丈も高うございまするが、力任せの剣法にございます。後藤殿はもう六十歳を超えた御仁で……と申せば松山主水殿は、年齢はいってはおりますが、なかでは身のこなしなどは目をひいておりまする……」

襲われたときには、おそらく相手は松山主水ひとりだ。

松山主水は、桜之助が知っている剣法では計り知れぬ技を会得している人物のようにも思える。

和尚は桜之助の答えを引き取った。

「いずれにせよ松山さまたちは、高瀬さまを襲撃しようと思えばできたにもかかわらず、山城守さまや高瀬さまのあとをついて行っただけだった、と……」

囲炉裏にくべられた薪が、ぱちんという大きな音とともに弾けた。

和尚は顔をあげて桜之助に向けた。

和尚の顔に満面の笑みが浮かんでいる。

「以前に浦会の宴席で松山さまが高瀬さまに向けていたという鋭い目つき……そしてこたびは、松山さまたちは、ただひたすら高瀬さまのあとをつけておられた……愚僧の目には、誰が味方かは明らかかと思われまするが……」

謎めいた和尚の言葉に桜之助は混乱した。

「明らか、とは……」

「荒々しき岩も、見ようによっては面白き風情を具えるとも言えまする……見ようを変えてご覧になれば……」

和尚は言いさして桜之助に勧めた。

「濃茶を一服、しんぜましょうかな」

和尚は気分を変えるかのような口調になった。

「中井大和守の図面の行方……この不乱坊も、少しはお役に立てばよろしゅうございまするが……」

不乱坊はぼりぼりと頭を掻いている。

和尚は続けた。

「高瀬殿には明かしてもよかろう……不乱坊は、かつては天下に名をはせた大泥棒……稲葉小僧でございます」

「な……何とおおせられた……稲葉小僧とは……」

稲葉小僧は江戸で知らぬ者はいない盗賊だ。

大名旗本の屋敷に忍びこみ、刀剣のみを狙って盗みをはたらく。

人を傷つけたりはせず、また盗むものも侍の刀だったから、市井の者たちが『稲葉小僧』の名を口にするときにはどことなく親しみがこもる。

稲葉小僧の名を高くした出来事といえば、上野の不忍池での縄抜けだ。

不覚を取って谷中で捕縛された稲葉小僧だったが、牢に引き連れられていく途中、不忍池のあたりで便意を訴えた。

捕方もやむなく池の畔の茶店の厠に稲葉小僧を入れる。

むろん両手は後ろ手に縛められたままで、なんとかかろうじて用が足せるほどだけゆるめられていた。

縄の端は捕方が握っている。

厠は池に突きだしている。

稲葉小僧は狭い厠の中で縄抜けをし、厠の穴から不忍池に飛びこんだ。

以後、稲葉小僧の行方はわからぬ。

桜之助は濃茶を啜る。

「しかし不乱坊殿も、和尚のような方とめぐり会うて幸いにございましたな」

「不忍池から芝まで一心不乱に逃げましてございます……増上寺の鉄仙さまといえば仲間内では名高いかたで……」と不乱坊が言いさす。

鉄仙和尚が囲炉裏の端を手でぽんッと打ち、「これッ」と短い声を発した。

不乱坊はあわてて口をつぐむ。

鉄仙和尚は盗賊など裏の世界で名高い人物というのだろうか。

まさか和尚本人が悪事をはたらくわけではあるまいが、増上寺内の和尚の粗末な庵は、悪人どもの逃げ場所にでもなっているのだろうか。

桜之助の思いは、鉄仙和尚の素頓狂な声でさえぎられた。

「ひゃぁ」

「御坊、いかがいたしました」

「いや、雨もりでございます。雨粒がちょうど襟首に落ちましてな……」

和尚は不乱坊に、雨が止んだら屋根を修繕するように命じる。

不乱坊は和尚の様子に白い歯を見せて笑っていた。

二

今年にはいって西国に降り続いていたという長雨が江戸にもきたようだ。

梅雨なので雨は当然だが、今年の雨は冷たい。

桜之助は梅雨どきのべとつくような生ぬるい雨粒は嫌いだが、こう冷えこむとなんだか心細ささえ感じる。

「こう降られちまっては、出為事にも行かれやしねぇ……」

横町の端の家の軒下で、職人や棒手振のあきんどらしい男たちが話をしている。

男たちは軒の下で横に並び、所在なさそうに空を見上げている。

「雨で商売に出られねえなんざ馴れているから、五日や十日、食いつなげねえ話じゃねえが……こう寒くっちゃかなわねえや。火鉢がほしいくれえだ」

「まったくだ……おいらンところも、いっそ入質ておいた袷を出そうかと嬶と言ってるところだ」

「もう六月なのに袷たぁ……一体どうなっちまってるんでぇ……」

「公方さまも、なんとかしてくれねえのかねえ」

「おきゃがれ。いくら公方さまだって、お天道さまの具合までは面倒みきれやしねえ」

「公方さまでなくっても、田沼さまでもいいが」

「田沼さまなんざ、父子そろっておあしの勘定で忙しいから、なおのことだ」

「違えねえ」

どっと笑い声がおこった。

呑気そうな話だが、男たちの声にはどこか冗談事ではない切迫した調子が混じっている。

御政道に対する恨み言めいた声も、往来でよく耳にするようになったと桜之助は思い返した。

恨み言の矛先は、多くは老中田沼さまに向けられている。

唐傘（からかさ）の縁から冷たい滴（しずく）が桜之助の首筋に落ちた。

「ほっ、冷たッ」

桜之助は駕籠は滅多に使わなかった。

「みどもは若輩者。駕籠など用いる格ではございませぬ」とは表向きの口実だ。

本心をいうと、狭い駕籠の中でゆらゆらと揺られ続けるよりは、歩いたほうが心地がよい。

ただ今日は唐傘も役に立たないほどの降りようだ。肩口はもとより、足元や袴の裾も泥だらけだ。

おまけに江戸の人たちの口の端（は）にのぼるほどの冷たい雨だ。

桜之助の身体は冷えきっていた。

築地（つきじ）にある永井家の中屋敷を訪れるところだ。

叔父御（おじご）から「是非、参るように」との使いがきたところだ。

桜之助をかわいがってくれている叔父御だ。さぞ楽しみにしているのだろう。

ひどい雨でも出かけていかねばならぬ。

（こりゃ、叔父御に熱い茶か甘酒でもふるまってもらわねば合わぬわ……）と桜之助は心の内でつぶやいた。

いつもの祠に参拝し、京橋、銀座の方面へ向かう。

この大雨のなか、出歩く者の姿は少ない。

平素は繁華な土地柄だが、まるで江戸のはずれの田舎道のような寂しさだ。

道をまっすぐゆけば新橋烏森、左に入れば築地の方角だ。

唐傘を少し前に傾けていた桜之助の目に、武家者らしい袴が映った。

危うく行き当たるところだった。

「おっと、これはご無礼いたした」

桜之助は唐傘の縁をあげ、相手を見た。

相手は雨具も身につけぬまま、桜之助の前に立ちはだかっている。

「これは……伊藤殿……」

意外なところで出くわすものだという驚きに、桜之助は笑みを浮かべて呼びかけた。

伊藤治右衛門は桜之助の呼びかけには応じない。

顔の色は少し青い。

濡れ鼠になりながら人通りのない往来に立っているために冷えたのか。

それとも……

桜之助はとっさに唐傘を投げ捨てた。

同時に背後に跳びながら退(しりぞ)く。

伊藤治右衛門は口の端をあげ、にいっと笑った。

いったんはかっと大きく見開いた両の目を、ゆっくりと細めていく。

雨はますます強まっていく。

あたりは煙が立ちこめたように乳色に染まっていった。

背後に跳んだ桜之助は、身を低くして右手を大刀の柄にかける。

乳白色(にゅうはくしょく)の幕をはったような雨を透かして伊藤治右衛門をうかがう。

「抜かぬのか……」

桜之助はうめいた。

雨の中に立ちつくしている治右衛門は、両の手をだらりと下げたままでいる。

治右衛門の身体は左右にゆらゆらと揺れている。

身体中の力が抜け、わずかに両の脚だけで平衡をとりながら立っている。

桜之助に親切に話しかけてくれる平素の如才(じょさい)ない治右衛門の顔ではない。

目を細めて桜之助をうかがいながら、口の端をあげた笑い顔を見せている。

「ケケケケケッ……」

気味の悪い笑い声が桜之助の耳の奥で響く。

相手が刀を抜かぬ以上、桜之助も抜くわけにはいかぬ。

治右衛門はゆっくりと両の手を前に突き出した。

手はだらりと下がり、甲を桜之助に向けている。

治右衛門の身体からは、まるで熱を発しているかのような白い湯気が霞のように立ちのぼっている。

治右衛門の奇妙な構えに、桜之助はどのように体を捌いたらよいかわからぬ。

桜之助は大刀の柄に右手をかけている。

右の手首から肘にかけてが、ぶるぶると細かく震えてきた。

「来るかッ……」

右手に力がはいる。右の肘が固くこわばる。

桜之助の右手の力の入り具合を見透かしたかのように、治右衛門は再び両目をかっと見開いた。

治右衛門が桜之助の身体をめがけて飛びこんでくる。

大刀を抜く体勢になっていた桜之助には受け止められない素早さだ。

右肘を治右衛門に取られた、と思うや、桜之助はくるりと身体をひっくり返された。

「じゅ……柔術か……」

桜之助が修めた中西派一刀流でも、剣を用いずに相手を組み伏せる体術の稽古はする。戦の場で剣を交わしたままもつれ合い、組み討ちになったときの身体の捌き方は覚えている。

だが身体を離したまま投げを打つ柔術の遣い手との戦いは初めてだ。

桜之助はぬかるみの中に身体ごと叩きつけられた。

起き上がろうとするが、手足が泥で滑る。腰に差したままの大小が動きの邪魔になる。

治右衛門は桜之助を投げた手を離さず背後に回った。

桜之助の右肘は背中で治右衛門の膝によって押さえつけられる。

同時に治右衛門の腕が桜之助の首にまわった。

桜之助はかろうじて顎を引き治右衛門の腕を防ごうとするが、治右衛門の腕がわずかに早かった。

「ぐげッ……」

治右衛門の腕は桜之助の首に入った。

首の左右が締めあげられていく。

（落とされる……）

桜之助は覚悟した。

もがこうとしても背後から治右衛門に固められた身体の自由はきかぬ。

灰白色の空から降り注ぐ雨足も、目には次第にかすんでくる。

（奈菜……）

もう頬を打つ雨粒も感じない。

桜之助の目の前は完全に白くなった。

ふわふわとした白い雲の中にいるようだ。

雲の先に奈菜の姿が見える。

ふっくらとしたかわいらしい顔立ちの奈菜が、桜之助に笑いかけている。

（奈菜に会いたい……）

強く念じたそのとき、桜之助の首がふっと楽になった。

桜之助の喉を通して雨交じりの冷たい呼気(こき)が体内に流れこむ。

（助かった……）

思った途端(とたん)に桜之助は気が遠くなっていった。

「高瀬殿、気をたしかに……これ、高瀬殿……」

気を失う間際に聞いた声は、まぎれもなく松山主水の声だった。

三

背中が強く圧(お)された。
桜之助は、ぷうっと息を吐く。
背後から桜之助に活を入れていた松山主水が立ち上がった。
雨は相変わらず激しい。
桜之助は天を仰ぎ、落ちてくる雨粒を顔中で受けた。
桜之助の前には後藤頼母と沢松伊織が立っている。
ふたりの向こうに、地に倒れた人の足が見える。
袴が膝下までめくれあがり、生白い足に泥がはねている。
桜之助は訊ねた。
「伊藤……治右衛門でござるか……」
気道がつぶされかかったせいか、声がうまく出ない。

頼母と伊織は身体を除けた。
桜之助の目に、泥道に横たわった伊藤治右衛門の姿が映った。
首は真横に向いている。
見開いた目が桜之助に向いている。
主水が治右衛門の死骸のかたわらに膝をついた。
「ああするほかにはなかったのじゃ。許せよ」
主水は片手で拝むと治右衛門の開いたままの目を閉じた。
続いて死骸の首をあらためる。
首には銀色に光る刃物が刺さっている。
主水は治右衛門の首から刃物を抜いた。
懐紙で刃物を丁寧にぬぐうと、懐から分厚い布を巻いた筒を取り出した。
布の筒を開くと、中には同じような短い刃物が何本も収められている。
主水は治右衛門の首を貫いた刃物を同じように収め、ふたたびくるくると布を巻いた。
頼母は主水に目をやりながら桜之助に告げた。
「松山殿は、印地打ちの名手でござる」
印地打ちは、川の両側などに分かれた者たちが石、礫を投げ合って闘う遊戯だ。

遊戯とはいっても石は凶器だ。

戦国の世の戦場では、印地打ちを得意とした者たちが大いに活躍をしたという。柔術を使う伊藤治右衛門といい、印地打ちの松山主水といい、天下には剣法だけではなく様々な武芸の達人がいるものだと桜之助は身にしみた。

頼母は続ける。

「神田橋の伯耆守殿の上屋敷には、浜島新左衛門が走っておる。高瀬殿が路上にて急な悪心ゆえ駕籠にて迎えを、と……」

命を助けてもらったばかりか迎えの手配まで、と思うにつけ桜之助の疑念は強まるばかりだ。

喉の痛みは薄らいできた。

桜之助は主水に訊ねた。

「松山殿は……みどもを付け狙っておられたのでは……」

松山主水は苦笑いを浮かべたようだった。

頼母も笑いながら桜之助に告げた。

「さ、高瀬殿、今は無理にものを言わずともよい……迎えが来るまで休んでおられよ」

桜之助は顔を上に向けて横たわった。

顔に落ちる雨粒が心地よい。

桜之助の耳に松山主水たちの話し声が届いた。

「伊藤の体捌(たいさば)き……やはり起倒流(きとうりゅう)であろうか」

「うむ。起倒流に相違(そうい)ない。やはり伊藤は白河殿と気脈を通じておったか」

「浦会の大事の品……中井大和守の図面を高瀬殿も所持(しょじ)しておらぬと見きわめたゆえ……もう用済みとばかりに亡き者にしようとしたのでござろう」

主水たちは桜之助の敵ではない。

それどころか命を助けてくれた恩人、大の味方だったのではないか。

桜之助の耳に鉄仙和尚の声がよみがえった。

「荒々しき岩も、見ようによっては面白き風情を具(そな)えるとも言えまする……見ようを変えてご覧になれば……」

桜之助は目を開け、雨を落とし続ける灰白色の空をあおいだ。

（やはり和尚の言うとおりだった）

増上寺の庵で桜之助に濃茶をふるまってくれた鉄仙和尚の声がよみがえる。

「松山主水さまたちは、芝居見物に出た高瀬さまや山城守さまをお守りしていたのではございますまいか」

「されば、浦会の宴のおりに、松山殿がみどもに向けていた鋭い目つきは……」

「さよう。高瀬さまに向けられていたものではございますまい。おそらくは……」

首を傾けると、伊藤治右衛門のかっと見開いた目が桜之助を射貫く。

鉄仙和尚の別な声がよみがえった。

「愚僧の目には、誰が味方かは明らかと思われまするが……」

(御坊のおおせのとおりでございましたぞ……)

心のなかでつぶやきながら、桜之助は再び白い雲の中に溶けていった。

四

闇に奈菜の顔が浮かぶ。

ふっくらとした頬を伝って、涙の粒が落ちていく。

「案ずるでない。みどもは大事ない」

桜之助は声に出そうとするが、口が思うように開かない。

「あれま……このようなところに……どうするべえかのう……」

飯炊きの権助の狼狽した声に、奈菜の姿は消えた。

「こげなところで、おもてなしもできませぬで……」

「いや、かまわぬ。苦しゅうない」

しわがれた声が権助を押しのける。

「しかし国家老さまのようなお歴々が、こげなむさくるしいところに……」

「えい、かまわぬと申すに」

しわがれた声がいらだっている。

ずかずかと枕元に近づく足音に、桜之助は目を開けた。

白地に金糸の縫い取りもきらびやかな羽織姿の生駒監物が、桜之助の顔をのぞきこんでいる。

国家老が江戸にいるだけではなく、桜之助のような軽輩をじきじきに見舞うとはただごとではない。

「これは……生駒さま……」

「おお高瀬、突然に倒れたと聞き、案じておったぞ」

桜之助は権助にたすけられながら床で起きなおった。

「そちは丈夫なたちと聞いておったが」

「はっ……雨のなかを歩いたゆえ風邪をひいたものとみえ、にわかの悪心……面目次第もございませぬ」

むろん、伊藤治右衛門との一件は伏せている。

控えていた権助が得意そうに口を開いた。

「あん時ァ、もうお前さまは駄目だと思ったでねえ……」と権助は顔を紅潮させて力説する。「朝から雨の中、築地の永井さまの御屋敷に行きなさるといって……したら御門番が血相を変えてやってきただよ……旦那さまが急に具合が悪くなって倒れたところを、たまたまお知り合いの方が通りかかって知らせてくれた、ちゅう話で……」

浜島新左衛門が神田橋門外の屋敷まで知らせてくれた。

屋敷からは急いで駕籠が出る。

「駕籠に乗せても揺られるとすぐに落ちちまうから、荒縄で担ぎ棒にくくりつけて、吊り下げるようにして運んだだよ」

権助は口をとがらせて続ける。

「はぁ、ものすごい雨のなか、おらも駕籠のお供をしただ。大騒ぎで運んだだよ」

少し得意そうな口ぶりだ。

「さようか。そちは永井家の中屋敷におもむくところであったか」

「奥方の叔父君からお呼びを受けまして」

「ふうむ……」

生駒監物は少し口をゆがめて笑い顔をみせた。

なにかに思い至った様子だ。

笑い顔をおさめ、生駒監物は桜之助に申し渡すかのような口調で告げた。

「役に立つ若者が失われては、当家の大きな損失である。せいぜい自愛いたせよ」

「はっ」

桜之助は、生駒監物のしわがれ声で発せられる『役に立つ』や『自愛いたせ』という言葉にこめられた意思をはっきりと感じとった。

(『意のままに動け、さもなくばもっとひどい目にあうぞ』という脅しか…)

田沼山城守さまや数っぺを守ろうと心に誓っている桜之助だ。

数っぺを遠ざけようとしている白河殿一派、生駒監物の思いどおりにはさせぬ。

桜之助は縁先から小さな庭に出た。

権助が、「久しぶりのお天道さまだ。お前(めえ)さまも気持ちよかんべえ」と声をかける。

桜之助は顔を上げ、陽光をいっぱいに浴びた。

当たり前に動き回れる活力が桜之助に戻ってきた。

生駒監物は、桜之助が叔父御から呼びだされたという事実から、なにかに思い至ったようだ。

「あの呑気な叔父御が大きな秘密を抱いているとはとても思えぬが……」

桜之助は権助に命じた。

「明日、みどもは奥方の実家方、永井日向守さま中屋敷に参る。御駕籠の用意を頼む」

ふだんは徒歩の桜之助が駕籠の用意を命じたとあれば、生駒監物の耳にも入るはずだ。

「さて、白河殿の一派がどう動くか……」

桜之助は縁先からふたたび座敷に戻った。

熱にうなされているさなか、桜之助は奈菜の姿をたしかに見た。

奈菜は黙って桜之助を見つめていた。

ふっくらとした頬に、大きな涙の粒が浮かんでいた。

桜之助の重篤だった容態については、国元にも知らされているだろう。

急ぎ手紙で無事を知らせてやらねばならない。

桜之助は文机の水差しから、硯に水を注いだ。

「ああ、そうだ……お前さまがうなされてござる間に、御見舞えの方がみえまして、これを渡してくれとことづかっております……へえ、ご年配の小柄な御武家さまで……」

桜之助は権助から折りたたんだ書き付けを受けとった。

開くと服部内記の筆跡だ。

ただひと言だけが書かれていた。

『まだか』

五

叔父御のもとに向かう前に桜之助は駕籠を八丁堀に向けさせた。

服部内記が仕える松平下総守さま上屋敷は北八丁堀にある。

内記は上屋敷のなかに住居を与えられている。

桜之助を座敷に招きいれた内記は、頬をゆるめて口を開いた。

顔つきは穏やかだが、目だけは笑ってはいない。

「松山主水殿より事情は聞き申した。手練れの高瀬殿も、危ういところでござったのう……」

「かような柔術の遣い手は初めてでございました」

「松山殿によれば、どうやら起倒流柔術。白河殿もたしなまれておるゆえ、まちがいない……伊藤治右衛門は白河殿の一派であったようじゃ」

「白河殿一派と同じく、中井大和守の図面を探しておるみどもが邪魔になり……でございますな」

服部内記は目を桜之助に据えたまま、重々しくうなずいた。

「して、図面は……」

「いまだ、手がかりもございませぬ」

桜之助も服部内記と目をしかとあわせ答えた。

服部内記は眉間にわずかに皺を寄せたまま、桜之助の目を射貫きつづける。

今度は桜之助が口を開いた。

「内記殿が斬った南條采女……たしかに浦会にそむいた裏切り者でございましょう……ただ同時に、忠義な武士でもあったのではございますまいか」

服部内記の頬がまたゆるんだ。

同じく目は笑ってはいない。

「さよう……わしは采女を忠義者ゆえに斬ったのじゃ」

服部内記の目が、ほんの少しだけ細められた。

南條釆女の死を悼んでいるかのようだ。

桜之助は続ける。

「釆女殿はおそらく当家の国家老、生駒監物にそそのかされ、中井大和守の図面を持ちだしたのでございましょう。図面が白河殿一派の手に落ちれば浦会の力は失墜。老中田沼さまの天下も終わりでございます」

「釆女の動きなどすぐに気づいたわ……釆女が図面を誰に渡すか見きわめ、逆に白河殿一派をつぶしてくれようと思っていたのじゃが……」

目を閉じた服部内記に桜之助は確かめた。

「釆女殿は図面をもったまま動こうとはしなかった、のでございますな……生駒監物は、伯耆守さまの奥方を邪魔にしている男。釆女殿にとって主家にあたる奥方を窮地におやるなど、根は忠義者の釆女殿にはできなかったのでございましょう」

「わしは釆女を呼び出し、問いただしたところ……逆に斬りかかってきおった……」

浦会を裏切って白河殿一派のために図面を持ちだした釆女だったが、数への忠義ゆえに最後の一歩は踏み出せなかったのだ。

「おとなしく図面を返し、偽物を白河殿一派の頭目に渡すよう釆女に命じたのじゃが……釆女は白河殿も、また永井家も裏切れなかったのじゃ……不憫な男よ」

南條采女など、忍びの頭目、服部半蔵の末裔である内記の相手ではない。

「ところが浦会のなかでも采女の死に疑いを抱く者も出てきた……松山主水殿たちのように、のう」

「ゆえに松山殿は、采女殿の後任のみどもを守ろうと……宴の場で鋭い目を投げかけた先は、みどもではなく内記殿だったのでございましたか……」

鉄仙和尚が見破ったとおりだ。

内記は目を閉じたまま桜之助に告げた。

「昨夜、松山殿が参っての……みどもは、すべてを明かし申した」

内記は目で床柱を示した。

「采女を泳がせ、結果、死に至らしめたと告げるや……いやはや、松山殿もなかなか血の気の多い御仁じゃ……いきなり小柄を投げつけおったわ……」

内記は口の端に寂しそうな笑みを浮かべた。

桜之助は床柱に目を凝らした。

大きな裂け目のような楔形の傷跡が床柱の高いところに走っている。

采女の死の真相を知った松山主水は、怒りのあまり刀の柄に仕込んでいた小柄を抜いて内記に放ったのだ。

印地打ちの名手の主水だ。本気で内記を打とうとしたなら万に一つも外すはずはない。

「松山殿はみどもへの憤りをぶつけられたのじゃ……あたら若い武士を死なせたと、松山殿は涙をこぼしておられた。大粒の涙がぼたぼたと、それ、そこの畳に音をたてて落ちたわ」

いつも冷酷なまなざしを向けていた松山主水が、実は熱い心の持ち主だったのだと桜之助は知った。

内記は目を閉じ、続ける。

「みどもはさんざんに松山殿になじられたぞ……采女の件もしかり、また高瀬殿を再三にわたって窮地に陥れている件もしかり、浦会をどう考えておるのじゃ、と、泣きながらみどもを責めたわ……」

内記は目を開けた。

「だが、みどもは松山殿には詫び言は申しはせなんだ……詫び言はせなんだが、代わりに松山殿に両の手をついてお願い申した」

内記は射貫くような目を桜之助に向けた。

「浦会は天下の行く末を定める力をもつ。ゆえに浦会の宰領は、神仏も畏れぬ悪鬼とならねばつとまらぬ……『欣の古鉄鍔』をあずかるこの服部内記、悪鬼になり申すゆえ、何もいわずに従うてくだされ、と……」

桜之助はうめいた。

「悪鬼となる、と……」

「さよう。天下の安寧を図るためには、悪鬼のごとき決断も下さねばならぬゆえ……」

「悪鬼のごとき決断とは……」

内記はしばらく黙したのちに口を開いた。

「天下の民の胸がすくような……だれもがこぞって喝采をするような仕置きじゃ。民の喝采を得るためには、人身御供も天下に差しだそうぞ……」

内記は続けて桜之助に言い渡した。

「采女が持ちだせし中井大和守の図面……白河殿一派も血眼になっておる。急ぎ探し出すのじゃ」

桜之助はぐっと唇を嚙みしめたまま返答はしなかった。

心のなかで思いをめぐらせる。

（数っぺのためにも生駒監物の思うようにはさせぬ……それに田沼山城守さまのような立派なお方はどうでも守らねばならぬ……みどもの動きにあわせ、白河殿一派も必ずや動くであろう……この身を犠牲にしても……）

黙ったままの桜之助に、服部内記はおごそかな声で申し渡した。

「浦会のほかの者たちへも、しめしをつけねばならぬ。采女が持ちだせし中井大和守の図面、取り戻すまでは高瀬殿……浦会への参加はまかりならぬ。そう心得られよ」

桜之助は内記の顔をまっすぐに見据えた。

「さすれば、みどもも浦会のために動くいわれはなくなったのでございますな」

内記は目を剝いた。

「なんと……」

桜之助の心に、むくむくと強い思いが湧きあがってきた。

(天下の安寧だの、欣求浄土の鍔だの、知った話ではない……みどもは数っぺのため、そして立派な田沼山城守さまのために働くのじゃ……服部内記のごとき悪鬼の手先になどはならぬわ)

思いを心に秘めたまま、桜之助は内記に辞去の挨拶をした。

「ご老人、御免ッ」

六

木挽町の永井家中屋敷に到着した桜之助は、叔父御の出迎えを受けた。

「数より書状が参っての。やれ『桜之助さまが倒れた』だの『死にそうだ』などと、ずいぶん取り乱した様子で、さっぱり要領を得なんだが……さようか。急な病でござったか」

「は。ちょうど叔父御のところへうかがおうとしたところに突然の悪心。おおかた雨に打たれて風邪をひいたものと思われまする」

「大事のうてよかった、よかった」

呑気な毎日をおくっている叔父御に、浦会についてなど明かすまでもないと桜之助は思った。

普段は徒歩の桜之助が駕籠に乗ってやってきたところから、叔父御は桜之助が病だったと信じている様子だ。

「屋敷のなかを通ると面倒じゃ。庭を回って座敷に参ろうぞ」

いつもながらの汚れの目立たぬ葡萄茶色の着物姿の叔父御は、先に立って桜之助を案内してくれる。

「水無月と申す銘菓を用意いたしておる。寒天の菓子じゃが、井戸水で冷やしておいた……こたえられぬぞ」と嬉しそうだ。

桜之助は駕籠を用意するにあたって、行く先が生駒監物に筒抜けになるようにしくんでいる。

叔父御が中井大和守の図面に関わりがあるとはとても思えぬが、白河殿一派も桜之助同様、手がかりは全くつかんでいない。

桜之助の行く先々に目を光らせている白河殿一派は、叔父御のところも同様に監視しているはずだ。

「さあ……敵はどう出るか……」

桜之助は油断なく周囲に気を配った。

庭では植木屋の職人たちが松の枝の手入れをしている。

職人たちは叔父御に気がつくと手を止め、汗止めの鉢巻きをわざわざはずし腰をかがめて挨拶をする。

お武家さまとはいっても、気のよい叔父御だ。職人たちからしたわれているようだ。

「本日はの……高瀬殿にお渡ししたきものがござっての」

「なんでございますか」

「ほれ、南條釆女の形見の謡本じゃよ……」

「みどもは能にはとんと疎(うと)うございまする……また南條殿がみどもの前任の江戸留守居役だったとはいえ、頂戴(ちょうだい)するいわれも……」

「それがあるのじゃよ」と叔父御は言い放った。

馬面の叔父御の表情はいつになく引きしまっている。

軒先を曲がれば叔父御の座敷だ。

叔父御は足を停め、手を桜之助の胸にあて押し留めた。

叔父御の全身からは、普段に似ぬ鋭い気が発せられている。

桜之助が子供のころから知っている叔父御ではない。

(まさか……叔父御は……かなりの遣い手なのではあるまいか……)

驚く桜之助に、叔父御はささやいた。

「南條釆女の形見などを持っておると、不意の客人が訪れての……なにかと面倒なのじゃ……」

叔父御は目を細めて桜之助に笑いかけた。

「すべて承知しておるぞ」といわんばかりの顔だ。

叔父御は座敷の気配をうかがってる。

呼吸の音まで殺している叔父御にならって、桜之助も息を詰める。

（叔父御がかようなまでの遣い手だったとは……）と桜之助は心のなかで舌を巻いた。

子供のころの桜之助や数を相手におどけていた叔父御だ。

兄に連れられて剣術の稽古をはじめた桜之助は、叔父御相手に棒きれなどを振り回していた。

叔父御は「これはかなわぬ。退散じゃ」といいながら頭を両手で抱えて庭中を逃げ回っていた。

思い出しても冷や汗が出る。

叔父御が桜之助のもとをすっと離れた。

軒先を曲がる。

桜之助も叔父御のあとを追う。

叔父御は開け放たれた座敷の縁まで滑るように進むと、大声でなかに向かって呼びかけた。

「太夫（たゆう）、お待たせ申しましたの」

座敷の床の間の前に結崎太夫が立っていた。

鮮やかな藤色の羽織を着（ちゃく）している。

「本日は稽古の日ではござらぬに、近所にお越しの用向きでもおありでござったか」

結崎太夫は両の手を腿にあて、頭をさげる。

「突然の来訪にてご迷惑でござりましたか……お軸を拝見しておりましたが、これは探幽でございましょうかな」

「いやなんの。偽物でございまするよ」と叔父御は笑った。「太夫は床の間に心を寄せられておりまするな」

結崎太夫は答えずに、ただ無言の笑顔を叔父御に向けている。

(結崎太夫は掛け軸などは見てはおらなかった)

桜之助は確信した。

「結崎太夫の立っているところは掛け軸の前ではない……結崎太夫の前には違い棚があるだけじゃ……」

叔父御は南條采女の形見の謡本を箱に収め、床の間の違い棚に載せていた。

箱は紐をかけられたまま、結崎太夫の前の違い棚に載せられている。

叔父御と桜之助は庭から座敷にあがった。

「結崎太夫は無人の座敷で違い棚の箱のなかを検めようとしたに違いない……不意を突こうと気配を消した叔父御に、すんでのところで気づき何食わぬ顔で応対いたすとは、やはりかなりのものだ……」

箱の中には南條釆女の形見の謡本が収められている。

（結崎太夫は生駒監物から、みどもが叔父御のもとを訪れると知らされたのか……）

結崎太夫はかねてから目をつけていた南條釆女の形見に思い至り、盗もうとしたと考えればつじつまが合う。

（なんと……現れしは結崎太夫であったか……）

思いをめぐらす桜之助をよそに、叔父御と結崎太夫は話を続けている。

「以前にちらと拝見した南條釆女殿の謡本……端切れの装丁がなんともゆかしゅうございまして忘れられませぬ……是非また拝見しとう存じまして……またかなうことならば、この結崎太夫にお譲り願えぬかと……」

「いや、天下の結崎太夫のお目にとまるとは……かの世阿弥の直筆とでも申すならともかく、ありふれた稽古本（けいこぼん）に装丁を施したものでございますからな。とてもとても……秘すれば花、でございますよ」

ははは……と叔父御は笑い声をあげるが結崎太夫は引き下がらぬ。

「稽古熱心だった釆女殿をしのぶよすがに、とも存じまする。なにとぞ、お譲り願いませぬかな」

「いや、それが……でござるが……」

叔父御の馬面にいかにも困ったような色が浮かんだ。

叔父御は困った顔のまま、桜之助を見る。

「謡本はすでに釆女殿の後任、高瀬殿に差しあげたのじゃよ」

「え……ええっ」という声を桜之助はのみこんだ。

桜之助に向けられた叔父御の目の奥には、有無をいわせぬ力がこもっている。

桜之助は叔父御の目にうながされて、二度、三度と首を縦に振った。

結崎太夫は今度は桜之助に向きなおる。

「では高瀬殿……釆女殿の形見の品、まげてお譲り願えませぬか」

「それが、でござる」と叔父御がまた口をはさんだ。

「高瀬殿が申されるには、同じく江戸留守居役をつとめる他家(たけ)のものに乞われ、すでに譲り渡したとか。そうじゃな、高瀬殿」

「はっ」

桜之助は叔父御に調子を合わせた。

叔父御は気の毒そうな顔つきで結崎太夫に告げる。

「江戸留守居役の付きあいと申すはご無理(むり)ご尤(もっと)も……とかく古株がはばをきかせておるそうでな。高瀬殿も御苦労が絶えぬようでござる。かようなありふれた謡本を所望されるとは、のう。ははははは……たしか桑名の松平下総守さまご家中、服部内記殿、とか申す御仁じゃったのう」

桜之助は驚いた。

叔父御の口から内記の名がでてきた。

叔父御は何もかもご存じだったのだ。

叔父御の言葉にあわせてうなずいた桜之助は、結崎太夫の表情の変化を見逃さなかった。

『服部内記』の名に、結崎太夫は奥歯を嚙みしめ、わずかに口元を引き締めた。

桜之助は、結崎太夫が歯嚙みをするぎりりっ、という音を聴いたような気がした。

結崎太夫は叔父御が勧める茶をそそくさと啜り、帰っていった。

残った桜之助は叔父御に詰め寄る。

問いただしたい事柄は山ほどあった。

「叔父御は、なんとまあ……食えぬお人でございますことか」

叔父御は馬面に平素と変わらぬ呑気な色を浮かべ、菓子の載った小皿を手にとった。

小皿の上の半透明な菓子を楊枝で切り、口へはこぶ。

楊枝の先で菓子がぷるぷると細かくふるえた。

「いやなに……生前に采女殿が申されていたとおりにしたまでじゃ」

「采女殿は、かの謡本をみどもにと……」

「いかなるいわれがあるのか、わしは知らぬが……万一のことがあったときには、謡本を後任の者に渡すよう託されておった。死する前の采女殿は、何者かにひどくおびえておられる様子じゃった……」

桜之助は叔父御から渡された謡本をあらためて眺めた。

古い錦の端切れを面白く組み合わせて表裏の表紙にしてある。

謡本のなかには、『清経』『井筒』『関寺小町』『善知鳥』など十数番の謡曲の詞章が採録されている。

なるほど、何の変哲もない稽古用の本だ。

「本の装丁の裏に、中井大和守の図面が隠されているに違いない」と桜之助は確信した。

叔父御は采女から浦会の秘密までも聞かされたのだろうか。

桜之助は謡本を手にとり、端切れを詳細に調べる。

一見したところでは、剝がしたようなあとは見当たらぬが、なにしろ食えない叔父御が預かっていたのだ。

いわくありげな本を預けられ、放置しておくとも思えぬ。

細かな秘密までは承知してはいなくとも、装丁を剝がしてなかを検めるくらいはしたのではないか。

「叔父御……」

問いかけようとした桜之助の機先を制するかのように叔父御が口を開いた。

「わしは、本の表紙を剝がしてみたりはしておらぬぞ」

「まだ何も申してはおりませぬ」

「おお、そうであったな。これはしたり」

叔父御は平気な顔で言い放つと、両手で包みこんだ茶碗をひと口啜った。

（やはり叔父御は表紙の裏をお検めになったのじゃな）と桜之助は瞬時に悟った。

（まったく……本当に叔父御は、食えぬお人じゃ……）

茶を啜ってひと息ついた叔父御は、やさしい目を遠くに向けた。

独り言のような口調だ。

「粂女殿からは、謡本の表紙の裏に隠された絵図についても聞かされ申した……なんでも、怖ろしい力をもっておるらしいが、子細は聞かずにおいたわ……わしも呑気な部屋住みでおったほうが気楽でよいでな。へたに事情を知って巻きこまれとうはない……」

浦会の力の源泉となっている絵図を持ちだした南條粂女だが、白河殿一派の手に渡すことは最後まで躊躇していた。

「なんでも、その絵図が敵方にわたれば、数が窮地に陥る、との話……また一方で采女殿は、敵をあぶり出すために図面をおとりにして動くよう強いられていると申しておった。服部内記という人物から、の……」

「どちらも裏切るわけには参らぬゆえ、采女殿は進退きわまり内記さまに斬りかかったそうにございまする」

「数への忠義ゆえに命を落とされたのじゃな……哀れな……」

叔父御は静かに目を閉じた。

「万一のときには、必ずや謡本を手に入れようとするものが現れるはず、と采女殿は申しておった。ただ誰かは采女殿にもわからぬままだったのじゃが……」

「まさか、能の師匠、結崎太夫だったとは……」

桜之助も白河殿一派の底知れなさを思い、気を引きしめる。

「服部内記の名を耳にしたときの太夫の顔は、もの凄うございましたな」

「まこと。夜叉のような顔であった」と叔父御も笑った。

「これで高瀬殿も、結崎太夫にとっては敵となったわけじゃな……太夫は、腕が立ちますぞ……」

「いや、腕、と申さば、叔父御のあの身のこなし、気配の消し方……みどもは子供のころから叔父御に遊び相手をしていただいておりましたが、叔父御があれほどの遣い手とは存じませなんだ」

「ははは……ずっと若き日の話じゃ……若きころはの……剣術でも極むれば、いずれ部屋住みの身から逃れられるかと思うていたのじゃ……ははは……」

笑いながら叔父御は、二口めの菓子を楊枝で口にはこぶ。

「若き日の話じゃ……」と繰り返す叔父御の顔は、いつもの呑気な馬面に戻っている。

桜之助の心に、心地よい玉のようなぬくもりが生まれたような気がした。

「して高瀬殿は……その図面とやらを服部内記に返すおつもりか」

「そこでございまする……叔父御にご相談がございます……」

七

桜之助は叔父御のもとを辞去した。

駕籠に揺られて神田橋門外の屋敷に戻る。

日はとうに暮れ、駕籠の前には提灯(ちょうちん)がさげられている。

ゆらゆらと揺れていた駕籠が突然、動きを止めた。

慌てたような動きで、駕籠が地に置かれる。

「いかがいたしたのじゃ」

桜之助は駕籠の戸を開け、半身を外に乗りだし様子をうかがった。

薄闇のなか、駕籠の行く手をさえぎるようにして男がひとり立っている。

往来の真ん中にまっすぐに立ち、両手を腿においた姿には寸分の隙(すき)もない。

藤色の羽織が薄暗がりのなかで妖(あや)しく輝いてみえる。

「結崎太夫か」

「高瀬桜之助殿……」

よく鍛えられた能役者らしい声が響く。

「かのものは、いずくに……」

江戸にもどってきたばかりでまだわけがわからぬままでいた桜之助が問われた言葉だ。

やはりかの薄青色の羽織の男は結崎太夫だったのだ。

結崎太夫の声は続いた。

「南條采女の謡本を服部内記に渡したとは偽りでありましょう。素直にお渡しなされ。

悪いようにはいたしませせぬゆえ……」

「断る……そもそも謡本なるもの、みどもは所持してはおらぬ……叔父御にお預けしてあるわ」

闇に溶けてしかとはわからぬが、桜之助の目にはふたたび夜叉のようになった結崎太夫の顔つきがたしかにみえたような気がした。

結崎太夫は叔父御の腕前を知り尽くしているはずだ。

中井大和守の図面が叔父御のもとにあるとなれば、めったなことでは手出しはできぬ。

結崎太夫の声は少しやわらいだ。

「浦会は老中田沼を支えておりまするが、まもなく田沼の命運は尽き申す。田沼のあとは天下の安寧は白河殿の手にゆだねられまする。浦会も、いずれは白河殿をお支え申す次第になるはずでございましょう。さすれば……」

「浦会がどうであれ、みどもは田沼さまをお支え申す」

桜之助は言い放った。

「服部内記殿は浦会のため、南條釆女殿を斬り殺した。忠義の一分があったはずの釆女殿を無残に……かような浦会のためになど、みどもは働かぬ。謡本は誰にも渡さぬわ」

結崎太夫の顔に、薄気味の悪い笑みが浮かんだ。

まるで能の舞台の上の平家の落武者のような顔だ。

「浦会がなくば、田沼も保(も)ちますまいに、のう……」

結崎太夫はあざけるような口調でつぶやいた。

桜之助の胸の中に、山城守さまの顔が浮かんだ。

穏やかななかに強い意志を秘めた山城守さまの姿を思い浮かべると、桜之助は背筋がすっと気持ちよく伸びる思いがした。

桜之助は亡霊のような結崎太夫にむけて続ける。

「それにそなたは白河殿を心から信奉(しんぽう)しているわけではなかろう。なにしろそなたは徳川に仇(あだ)をなさんとする真田の一門……」

「いかにも……かの真田(さなだ)左衛門尉(さえもんのじょう)幸村(ゆきむら)の末裔……われら一門は、生きかわり死にかわり、徳川の世を乱しに乱すが望みでございます」

結崎太夫は、まるで狂言役者のような大声で笑った。

「はっはっはっはっは……」

藤色の羽織の裾がひるがえった。

言い放つと結崎太夫は、桜之助に背を向けて薄闇のなかに消えてゆく。

「言うかとみれば不思議やな　言うかとみれば不思議やな　黒雲にわかに立ちきたり

猛火を放ち剣をふらして　その数知らざる修羅の敵　天地を響かし満ちみちたり……」

朗々とした謡（うたい）とともに結崎太夫は闇に溶けていく。

「夢か……現（うつつ）か……」

桜之助は藤色の背中が完全に消え去るまで、その場に立ち尽くしていた。

第五章　浄土（じょうど）

一

七月に入った。

桜之助は主君、本多伯耆守さまにしたがって国元の駿河国田中に入る次第となった。

諸大名の国入りは通例では二月と八月とされている。

道中で諸大名の行列がかち合うと、諍いが起きやすい。

また街道をゆく民たちの不便もこの上ない。

ゆえに公儀でも、願いがあれば前倒しや遅らせての帰国を認める例があった。

伯耆守さまも七月の帰国組だ。

小暑の前、七月五日（現在の八月二日）に江戸を発ち、十日ころには田中に到着する予定だ。

出立の前日、桜之助は増上寺の鉄仙和尚のもとを訪れた。

「江戸御留守居役の高瀬さままでご帰国とは、ゆえありげでございますな」

「国元では能舞台の完成を祝い、結崎太夫が舞を奉納いたす由」

「結崎太夫という者、真田の末裔とは驚きましたな……信州松代の真田右京太夫さまではなく、かの大坂の戦の折、豊臣に味方した真田左衛門佐幸村の血を引くものとは……」

「結崎太夫が肌身離さず所持いたしておりまする紙入れは赤揃え。しかも真田家の紋、六連銭が描かれておりました……大坂の戦で勇猛をうたわれた『真田の赤揃え』になぞらえて、かと……また羽織に用いておる紋は『結び雁金』……これも真田家の替え紋でございます」

「生駒監物は白河殿を後ろ盾として御家の乗っ取りを企む……結崎太夫は白河殿一派の頭目でありながら、徳川の世をただ乱すことを願うておる邪なもの……両人とも、なんとしても中井大和守の絵図を手に入れようといたすでございましょう」

鉄仙和尚はまん丸な目を桜之助に向けた。

「結崎太夫の舞や謡には妖しい力があるとの評判……」

桜之助はうなずいた。

「結崎太夫とは、いずれ対決せねばなりますまい。江戸では公儀へのはばかりもございますゆえ、国元のほうがなにかと好都合。ゆえにこたびの帰国に加えていただくよう願ったのでございます」

鉄仙和尚はいつになく真剣な光をまん丸な目に浮かべている。

「くれぐれもお気をつけあそばされよ。ことに結崎太夫などは、どのような手段に訴えてくるやも知れませぬゆえ……」

江戸を出た本多伯耆守さまの行列は保土ケ谷(ほどがや)を経て七日に小田原に着いた。

桜之助は宿のものから箱根山中で見えたという奇妙な煙の話を聞いた。

「へえ、あれは信濃(しなの)の方角でございましょう……黒い煙がはっきりと見えてございます……あのような激しい煙は、山のものでも初めて目にするとの話でございます」

翌日は箱根越えだ。沼津までいっきに進む。

鬱蒼(うっそう)とした杉木立が続くなか、桜之助も大勢に混じって徒歩(かち)で道をゆく。

木立の切れ間にさしかかると、皆の足が停まった。

青い空の向こうに、濃い藍色の山肌を際立たせた富士が姿を見せている。

一行の足が停まった理由は富士ではなかった。

「あれ……あれを……」

怯えたような声がわき上がると、おおっというどよめきが応じた。
桜之助は山道に切り立っている斜面に駆け上がり、手をかざして西北の方角を見た。
富士の稜線の右手はるか先に黒い煙の柱が立ち上がっている。
柱は時おり、何かが噴出したかのように赤く染まる。
まるで邪悪なものをすべて吐き出そうとしているかのようだ。
誰かが声をあげる。
「信濃の浅間山じゃ……もう何日か煙を吐き続けておるそうじゃ……」
桜之助はもういちど煙の方向に目をやった。
ふたたび赤い光が黒煙のなかできらめく。
煙の黒さは、ただ増していくばかりだ。

二

田中へは、婿入りの折以来、二度目の国入りだ。
道中は、浅間山の噴火の話でもちきりだった。

東海道からは深い山を十も二十も隔てたはるか遠国での話だが、箱根を越え田中へと向かう街道のあちこちで、「空が真っ暗になった」だの「灰が降ってきた」だのという声を聞いた。

熱く溶けた岩が流れ出し、ひとつの村をすっぽりと覆いつくしたという話も聞いた。

また噂では上州（群馬県）はいうにおよばず、江戸にも灰が降っているらしい。

浅間山にはどのような神がおわすのか、桜之助は知らない。

浅間の神は何にお怒りなのだろうか。

蒲原（静岡市清水区）あたりの茶店を通りかかった折に、「御政道が……」という男の声を聞いた。御政道がどうなのかは、ほかの物音にまぎれて聴きとれなかった。

また別なところでは「賂好きの田沼が……」という声も聞いた。田沼、と呼びつけにしている。

桜之助には、声なき声がじわじわと天下に満ちてきたと感じられる。

声は桜之助を鋭く貫いた。

田沼さまに向けられる怨嗟の声は、同時に浦会を責めているかのようだ。

江戸の町ではどのような声が行き交っているだろうか、と桜之助は思いをめぐらせる。

「そうではない……そうではないと申すに……」

田沼さまへの恨みの声を耳にするにつけ、山城守さまのお志を知る桜之助は歯噛みをする思いだった。

世上では田沼さまは賂好きとして知られている。

ただ田沼さまは受け取った金品は、すべて御政道を進めるために使われている。

賂好きとして、世の誹りを田沼さまが一手に引き受けておられるからこそ、天下は保たれている形だ。

江戸ほど武家の姿が目立たぬ街道筋では、皆、好きにものを言う。

御政道に向けられる目は厳しく鋭い。

浦会は、あるべき御政道の姿を全うするために作られたという。

あるべき御政道のために浦会がなすべきはなにか……

桜之助にはわからない。

街道筋では、浅間山の方角をしきりに拝んでいる修験者の姿も多くみられた。

在(ざい)の者や旅人たちのなかには、呪文を唱える修験者の裾にすがらんばかりにして祈るものもいる。

「のうまく　さんまんだ　ばざらだん　せんだ　まかろしゃだ　そわたや　うんたらたかんまん」

「おん　ころころ　せんだり　まとうぎ　そわか」

桜之助は山伏や祈禱師をむやみにありがたがるつもりはないが、重々しく不気味な言葉には、なにか人智を超えた力があるのではないかとも思われる。

結崎太夫は舞や謡の当代一の名手だ。

両の手を左右にすっと広げただけで天下が平らかに治まり、祝言、めでたい言葉を謡えば、ただちにその通りになると思わされる。

逆に、結崎太夫が荒々しく暴れまわり、凶々しい呪いの言葉を口から発すると、そのときは……

三

殿に従って何度も田中と江戸とを行き来している者によれば、国元が近づくにつれてつのってゆくうれしさは格別だそうだ。

桜之助も大きくうなずいて賛同する。

箱根を下り、沼津から江尻（静岡市清水区）を経て田中へ入る。

浅間山の噴火の噂で持ちきりで、どことなく陰鬱な気分のまま進んでいた道中だったが、桜之助の心にもようやく温かな灯がともった思いがする。

妻の前で見苦しい真似はせぬように、と桜之助は心に固く言い聞かせた。

伯耆守さまの御駕籠に従っていったん城の館に入ったあと、桜之助は屋敷に足を向けた。

高瀬家は城の大手前、長楽寺の界隈にある。

高瀬の爺さまは、門から往来にまで出て桜之助を待っていた。

「おおい、おおい……婿殿ぉぉぉ……」

両手を振って子供のようなはしゃぎぶりだ。

桜之助は荷を連尺で背中にくくりつけたまま爺さまに頭を下げた。

「爺さまにはますますご壮健のご様子。何よりでございまする」

桜之助に頭を下げられた爺さまは、いささかはしゃぎ過ぎたと我にかえった様子だ。

顔をぐっと引きしめ、「うむ。婿殿にも道中、大儀であった」と応じる。

いささか芝居がかったやりとりに、桜之助と爺さまはどちらからともなく笑った。

爺さまは冗談口のように桜之助に訊ねる。

「江戸御留守居役の身でありながら殿とともにお国入りとは……まさか婿殿は御役御免

になったのではあるまいな」

「いえ滅相もございませぬ」と同じく笑いながら応じた桜之助の耳に、懐かしい声が響いた。

「いっそ御役御免になればよろしゅうございますのに」

桜之助の胸が、どくんと大きく波をうった。

爺さまの向こうに、紫がかった桃色の小袖姿(こそですがた)が見える。

桜之助はその場に崩れ落ちそうになった。

国入りに際しては高瀬家の長としての威厳を見せてやらねばならぬ、と心に誓っていたが無理だった。

(不意討(ふいう)ちとは卑怯千万(ひきょうせんばん)だ……奈菜……)

桜之助に代わって爺さまが叱る。

「これ……武家の御新造が見苦しいまねを致すな……」

「でもお爺さま……旦那さまのお戻りにお出迎えをしてどこがいけのうございますか」

爺さまをやりこめておいて、奈菜は両手を揃え膝の上にあて深々と頭を下げた。

「おかえりなさいませ。旦那さま」

頭を下げた拍子に、奈菜が刺していたかんざしが光を放った。

以前に桜之助が江戸から送った銀のかんざしだ。

桜之助は、崩れ落ちそうになるところをようようの思いでこらえた。

奈菜は顔をあげたが、桜之助にはまぶしい。

とてもの話ではないがまともに目を向けられない。

桜之助は必死の思いで気を取りなおした。

「うむ……」

あとの言葉が続かない。

久方ぶりに会う妻にかけるにふさわしい言葉をあれこれ考えてはいたが、なんの役にも立たない。

「その……なんだ……そなたも変わりないか」

「はい」

奈菜は桜之助に顔を向けたままだ。

桜之助の動揺ぶりを楽しんでいるかのようにも見える。

夫を狼狽させて喜ぶとは不届き千万……と思うが、抗(こう)せない。

まぶしい。

まぶしさのあまり、目がくらむ。

桜之助は道中羽織(どうちゅうばおり)の左袖に入れた品を思い出した。

右手を左袖に突っこみ、中から竹包みを取り出す。

「それ……土産じゃ……食(しょく)するがよかろう……」

竹包みは宇津ノ谷峠(うつのやとうげ)で買った名物の十団子(とおだんご)だ。

菓子好きの鉄仙和尚に飛脚を仕立てて送ってやろうと思っていた名物だ。

桜之助は、「御坊(ごぼう)、すまぬが十団子はこらえてくだされ」と心の中で和尚に謝った。

奈菜は「はあ……」という戸惑い声とともに竹包みを両手で押しいただく。

夫が言うのだから受け取っておくが、このあたりでは珍しくもない十団子を土産とは……という色が奈菜の顔に浮かんでいる。

「かように十団子がお好きなれば、田中においでの間は朝昼に飽(あ)くほど差し上げまする」といわんばかりの顔つきだ。

手も足も出ないありさまだった桜之助は、背後からの爺さまの声に救われた。

「ほれ、婿殿。いつまで立っておるつもりじゃ。内(うち)に入りなされ……それ奈菜、風呂の支度はできておろうの……ああ、相変わらず気が利かぬ……手がかかる孫娘じゃ……」

四

桜之助は杯に片手で蓋をした。

「いやもう飲め申しませぬ……これにて」

酒は田中の銘酒の『初亀』だ。

桜之助に注そうとしていた酒の行く先を失った爺さまは、怒ってぐるぐると銚子を回す。桜之助より爺さまのほうが酔いかたは激しいようだ。

「婿殿……もうおつもりか……これはしたり、これしきの酒でおつもりとは……」

「みどもはもう十分にございまする……爺さまのお相手は……そうじゃ、奈菜が仕りまする」

桜之助の声に、爺さまは奈菜に向き直る。

「なんと。奈菜が……爺の酒を受けてくれるか……そうか、そうか……」

「はいはい。旦那さまになり代わりまして、奈菜がお受け致します。爺さま……」

以前の奈菜なら、爺さまの酔態に目を三角にして怒り出していたところだ。

打ってかわったような落ち着いた御新造らしいあしらいはどうだ。

奈菜は桜之助の杯を両手で支え、爺さまからの酒を受ける。

「たんと注いでくださいまし」

軽口も愛らしい。

爺さまは酔って震える手で奈菜の杯に酒を注ぐ。

手元が狂って酒が落ちるが、奈菜は膝が濡れても平気な様子で爺さまの酌を受けている。

「おいしゅうございます」

桜之助なら持て余して、三口か四口もかけてやっと空ける杯を、奈菜はひと息に飲み干した。

「おお、さすがはわしの孫娘じゃ、あはははは……」

爺さまがこうご機嫌ではなかなか放してくれそうにない。

桜之助は奈菜と顔を見合わせて笑った。

奈菜の笑顔はやさしかった。

できれば穏やかな田中の地で、奈菜や爺さまと毎日笑いながら暮らしていければと思う。

だがこたびは、結崎太夫と雌雄を決するための帰国だ。

恐怖は覚えぬが、奈菜の笑顔は失いたくはない。

桜之助の心の奥に、小さな炎が点く。

小さいが鉄をも溶かすほどの熱さだ。

桜之助は、早く奈菜とふたりきりになりたいと強く願った。

江戸留守居役の寄合で、遊里や遊芸に詳しい者から『野暮』という言葉を教えられた。

「爺さま、野暮でございまするぞ……」

爺さまは、やたらに「あははは……」と笑いながら手酌でやっている。

やがて爺さまの首がかくんと前に倒れた。すうすうという大きな寝息が聞こえる。

「旦那さま、ご飯になさいますか……」

立ちあがった奈菜は飯の支度をしてくれた。

安倍川の上流でとれた山葵の葉や茎を醬油につけて刻んだ付けあわせで飯を食う。

鼻に抜ける辛さで食が進む。

「奈菜は飲みまする。注いでくださいませ」

ようやく酔いが回ってきたのだろうか、目のまわりを少し赤くした奈菜は、杯を桜之助の目の前に突き出した。

奈菜の手は小さくふっくらとかわいらしい。

桜之助はおとなしく従い、奈菜の杯に酒を注いだ。

「ああ、おいしい」

奈菜は桜之助をまともに見て、微笑んだ。

「これはいけぬわ……」

桜之助はこほんと咳払いをすると、少しあらたまった口調で奈菜に告げた。

「これ、飲み過ぎはならぬぞ」

「わかっておりまする」

奈菜は答えると、今度は自分で杯を満たし、またひと息にあおった。

手酌のしぐさは爺さまとよく似ている。

座ったまま眠りこけていた爺さまは、ぐわぁ、とひときわ大きくいびきをかいた。

「旦那さまもお疲れでございましょう……おやすみあそばしなさいませ……爺さまにはなにかかけるものをもって参りましょう……」

奈菜の言葉に、桜之助の胸はおおきく脈を打った。

酒の酔いのためだけではない。

立ち上がった奈菜の小袖の衣擦れ（きぬず）の音が、桜之助の耳の奥をさやさやとくすぐった。

桜之助は奈菜が置いた団扇（うちわ）に目をやる。

山城守さまの奥方から贈られた、役者の山下京右衛門の姿絵が団扇に仕立てられている。

「京右衛門とかいう役者……みどもとそんなに似ておるのか……」

桜之助は団扇を取りあげてしげしげと眺める。

背後から再び、奈菜の衣擦れの音が近づいてきた。

五

「あのう……旦那さま……」

昼寝をしていた桜之助に、奈菜が声をかけた。

桜之助は、奈菜の亡父が使っていたという奥の書院を使っている。

開け放した縁から気持ちのよい風が通る。

吹く風は柔らかい。乾いた江戸の風のようなとげとげしさがない。

田中に落ち着いて数日が経っている。

桜之助は書院での昼寝がなにより楽しみになっていた。

田中の城下、といってもひなびた田舎だ。

高瀬家に接して水田や畑が広がっている。

田植えを済ませた水田を伝った涼しい風が書院に吹きこむ。

目にも鮮やかな稲の苗の緑くささを含んだ風の匂いも心地よい。

奈菜によれば、「秋にはいちめん黄金色の稲穂で見事でございます」という。

書院の外の縁から声をかけた奈菜の声は、いささか戸惑いを含んでいる。

少し気味悪がっているようだ。

桜之助は起き上がり、両手を思い切り伸ばしながら返事をした。

「いかがいたした……夕餉の汁の実の相談であれば、そなたに任せるぞ」

「いえ、そうではございませぬ」

奈菜は屋敷の入り口に目をやる。

「旦那さまにお目にかかりたいという者が参っておりますが……」

桜之助は心の糸を張り詰めさせた。

江戸から離れ田中でのんびりと過ごしてはいるが、結崎太夫との対決はまだ果たしてはいない。

桜之助は枕元に置いた大小をつかみ立ち上がった。

「して、どのような風体の者なのだ」

大小を腰にねじ込みながら桜之助は奈菜に訊ねる。

奈菜は変わらず気味悪そうな顔で答えた。

「おふたり連れで……おひとりは何やら化粧でもしているような顔で上方言葉の方、もうおひとりは髪もぼうぼうの乞食坊主でございます」

桜之助は腰にねじ込みかけた大小を再びつかみ出す。

「名はなんと申した」

「浜島新左衛門さまと不乱坊さまと……」

「すぐにお通し申せ。ふたりとも、みどもの江戸での大切な友人じゃ」

桜之助は大声で奈菜に命じた。

「は……はぁ……」

奈菜は怪訝(けげん)な顔で立ち去った。

得体の知れぬ者が友人とは、旦那さまは江戸で何をしていなさるのか……といぶかっている顔つきだ。

すぐに浜島新左衛門と不乱坊が書院に姿を現した。

公家侍らしい薄卵(うすたま)色の羽織姿の新左衛門と、江戸での姿と変わらずぼろぼろの破れ衣(やれごろも)の不乱坊だ。

江戸を離れてまだ日も浅いが、顔をあわせれば懐かしい。

「おふたかたは、知り合いであられたのか」という桜之助の問いかけに、新左衛門は
「まあ、蛇の道は蛇……と申しますよってに、なあ……」と煙に巻こうとするかのように答える。

不乱坊の正体は江戸で知らぬ者のない盗賊、稲葉小僧。

また新左衛門も盗賊あがりとして浦会に連なるからには、よほどの手練れに違いない。

茶を運んできた奈菜に、新左衛門は「おおきに。御新造はんでっか」と訊ねた。

奈菜は聞き慣れぬ上方の言葉に、ただ黙って顔を伏せているだけだ。

「なんと可愛らしい……」という新左衛門に、不乱坊もにやにや笑う。

ふたりが茶をひと口啜ったころあいを見計らって桜之助は訊ねた。

「して、おふたかたは……」

「へえ……わたいは実は三津田兵衛はんのお計らいで……」

新左衛門の言葉に桜之助は驚いた。

「なに……兵衛殿の……」

「へえ……服部内記さまによれば、高瀬さまは浦会にとっての大事の品を隠しておられるとか。内記さまはえろうお怒りで、大事の品を返すまでは浦会に戻られぬ身との話

で」

「さようでござる」

桜之助は内記には、もう浦会のためには働かぬとはっきりと告げている。

が、そこはしたたかな内記のことだ。桜之助の胸中は浦会の面々には告げずにおいて、ことの推移を見守ろうという腹なのだろう。

おかげで新左衛門や不乱坊という味方が江戸から駆けつけてくれたのだから、桜之助にとっても幸いだ。

新左衛門が続ける。

「高瀬さまは国家老の生駒監物たらいう者や、能役者の結崎太夫とも戦わねばならぬお立場……兵衛はんがえろう心配しはって、身軽なわたいがお手伝いに行くよう取り計らわはったのでおます」

新左衛門は桜之助に片眼をつむってみせた。

「兵衛はんがいえば、さすがに内記さまも止められませんよってに、なあ……」

南條采女や伊藤治右衛門が相次いで死に、桜之助も出入り差し止めとなった事態に、浦会で秘されていた事柄はすべて明らかにされた。

三津田兵衛の正体が実は田沼山城守さまである事実も、すでに浦会の面々には周知されたという。

「わたいが駿河へ下るはこびとなりましたが、そしたら道中で古い知り合いの稲葉小僧……いやいや、今では不乱坊はん……と道連れになったのでおます」

不乱坊も鉄仙和尚から、国元での桜之助の手助けをするよう命ぜられた。

浦会という後ろ盾を失った形の桜之助には、国元で目となり耳となるものが必要だろう、という鉄仙和尚の計らいだ。

盗賊あがりの新左衛門と稲葉小僧だった不乱坊は、駿河の田中への道中、小田原の手前で行きあった。

「かたじけない……鉄仙和尚も、そして兵衛殿も……」

桜之助は目をつむり、遠く江戸に向かって頭を下げた。

新左衛門は不乱坊に代わって桜之助に告げた。

「鉄仙和尚はんは、みやげに十団子たらゆう名物が欲しいそうだす。そして、必ず御無事で江戸に帰らはるように、と……」

六

お国入りした本多伯耆守さまを追いかけるようにして、江戸家老の藪谷帯刀さまからの使いが田中に到着した。

「奥方には御懐妊」

ほかの家中であれば、知らせに国中が沸きたつところだ。

田中では様子が違った。

領内の村々の名主たちからは、殿に御祝いのためお城に参上したい旨の願いがあったが、城からは「祝いの儀は無用」との返答だったらしい。

さすがに家中の者たちからの御祝い言上の場はもうけられたが、桜之助の目には奇異な光景に映った。

田中の城の館の広間だ。

家格の順に殿の前に出て祝いを述べる。

殿の前には国家老の生駒監物が控えている。

祝いを述べるものは皆、生駒監物の顔色を横目でうかがいながら祝いを述べていた。

「奥方には御懐妊の由、おめでとうございまする」という、通り一遍の言葉だ。

伯耆守さまは次々に述べられる祝いの言葉に、ただ無言でうなずいておられる。

伯耆守さまも、明らかに伯父である生駒監物の手前をはばかっておられる様子だ。

だが中にはことさら声を張りあげる剛の者もいた。

「奥方には御懐妊と承り、祝着至極にございまする。若子は男子か、はたまたは姫御前か、いずれにせよお楽しみでござるな……」

高瀬の爺さまも一目置く、家中の一徹者だ。

生駒監物の苦々しい顔つきにも気づかぬ体で、堂々と祝いを述べている。

業を煮やした生駒監物が白扇で前を叩き、「これ。次の者が控えておるわ……」と叱るひと幕もあった。

祝いを述べる順を待つ桜之助は、心の中で一徹者に喝采をおくった。

伯耆守さまは奥方を遠ざけ、国元の田中で側室をおいているという。

側室は生駒監物の姪にあたるという女だ。

伯耆守さまは国元に帰って以来、片時も側室のそばを離れないという噂が広がっている。

側室にうつつを抜かすあまり奥方を遠ざけ実家に帰したと、傍目には映っている。

桜之助は高瀬の爺さまから話を聞いていた。

伯耆守さまの奥向きを取り仕切っている御年寄りによれば、伯耆守さまは側室を寄せつけたことはないそうだ。

ただの一度も、だ。

家中の者たちから祝いを受ける座に連なる生駒監物の苛立ちも無理はない。

桜之助の番になった。

裃姿の桜之助は、伯耆守さまの前に膝行する。

「この度は、奥方には……」

声を張り上げた桜之助の胸に、熱い塊がこみ上げてきた。

あの泣き味噌の数っぺが……

鼻の奥が痛いが、祝いの口上はつつがなく述べなくてはならぬ。

「この度は、奥方には御懐妊の由、祝着至極にございまする」

数っぺ、おめでとう、よい子を産むのだぞ……桜之助は心の中で数に呼びかけた。

「うむ」

伯耆守さまからお声がかかった。

ほかの者に対してはなかったお声だ。

「若子を、たのむぞ。高瀬」

「御意……」

桜之助は平伏した。

「殿も数っぺ……いや、奥方もご安心を……桜之助が一身をかけ若子さまをお守り申しあげまする……」

顔を上げた桜之助の目の前には伯耆守さまの顔がある。

生駒監物の手前を相変わらずはばかってだろうか、殿は同じような顔つきを保っているが、桜之助にはごく微かな笑みが浮かんでいるように見える。

祝いの口上を終え立とうとした桜之助は、殿の前に控えている生駒監物の様子をうかがった。

生駒監物の顔はまっ赤で、口はへの字に曲がっている。

手にした白扇はぶるぶると細かく震えている。

桜之助はもう一度、伯耆守さまに心の中で誓った。

(若子さまは、桜之助が一身をかけてお守り申す……)

「結崎太夫がいよいよ田中に到着でおます」

浜島新左衛門からの知らせがあった。

新左衛門と不乱坊は、生駒監物の屋敷に忍びこみ、見聞きしたことを桜之助に伝えてくれる。

「高瀬はんが殿さまにお祝いを申し上げはった件で、生駒監物はそらもう、大怒りで……生まれてくる赤さんを高瀬はんがお守りすると誓わはったのですさかいにな」

結崎太夫を迎える宴席で、生駒監物はおおいに吼えたという。

中井大和守の絵図は、叔父御のところに預けられている。

浦会も白河殿一派も手出しはできぬ形だ。

生駒監物とすれば、絵図が手に入らぬに加えて正室の数の懐妊と、思うに任せぬ次第が続いている。

「結崎太夫は生駒監物に請け合うてました……『すべてよきようになり申す』と」

「よきように、でござるか……」

本来であれば伯耆守さまのお家と駿河国田中の地のますますの繁栄を祈って奉納されるはずの舞と謡だが、結崎太夫の『よきように』という言葉は不敵だ。

家中や田中の地にどのような災いがもたらされるか、桜之助には思いも及ばない。

「そして、みどもも『よきように』される、か……そうはいかぬぞ……」

桜之助は生駒監物だけではなく、白河殿一派にとっても目障りになっているはずだ。

（みどもは、決して、よきようにはされぬぞ）

桜之助は心の中で固く誓った。

「あのぉ……旦那さま、浜島さま、お支度ができました。どうぞ一献」

奈菜もようやく新左衛門や不乱坊に馴れた。

桜之助のために働いてくれる労をねぎらおうと、酒肴(しゅこう)の用意をしている。

「こら御新造はん、おおきに」

新左衛門はぴょんと立ちあがる。

他人の屋敷にもかかわらず、案内もまたずにひょいひょいと先に立って奥へと消えていく。

桜之助は奈菜と顔を見あわせて笑うほかはなかった。

七

蓮花寺池(れんげじいけ)は城の大手門から半里(二キロメートル)ほど。

周囲をゆっくり歩いても一刻(三十分)もかからぬ小さな池だ。

かつてはあたりは湿地で、五十海(いかるみ)などという地名も残っている。

百五十年ほど前に造られた池だ。

池は名にふさわしく蓮で埋め尽くされている。

「ですから、真実でございます」と奈菜は力をこめて何度も繰り返す。

子供のころの思い出話を桜之助から一笑に付され、いささか腹を立てているらしい。

桜之助は朝餉を食べながら奈菜の話を聞いている。

早起きの爺さまは先に飯を済ませ、庭に植えてある大根の様子をみている。

高瀬家だけではなく田中の家中では皆、庭に大根や牛蒡などの菜を植えていた。

桜之助の左手には飯桶を守るようにして奈菜が控えている。

せっかく我が家に帰ったのに、ひとりでとる食事ほど味気ないものはない。

奈菜もともに朝餉を、と思ったが、さすがに昔気質の爺さまは許してはくれなかった。

膳には城之腰から運ばれてきた小鰯の干物が載せられている。

小鰯を開いて天日で干してある。

掌で隠れてしまうほどの大きさだが、身がほっこりと詰まっている。

天日が鰯の身の旨さを奥から引き出すのだろうか、干すときに振りかけられた胡麻の香ばしさとあわせて食がすすむ。

江戸ではとうてい味わえぬ。

桜之助は箸の先を細かく動かして小鰯の身をむしりながら奈菜に応じる。

「しかし、蓮の花が開くときに、ぽんっと音がするなど、あるはずもないわ」

魚は骨に近い部分の身ほど旨みが詰まっている。

桜之助は丁寧に骨の周囲の身をこそぎ落としていく。

奈菜の声がない。

魚に熱中していた桜之助は、「ん……」と顔をあげた。

「いかがいたした。腹でも痛いのか」

「存じませぬ」

奈菜は顔をまっ赤にして桜之助をにらみつけている。

目には涙も浮かんでいる。

奈菜は子供のころ、亡き父に連れられて訪れた蓮花寺池で蓮の花が開く音をたしかに聴いたという。

「父上に手をひかれて池の畔に立っていると、ぽんっ、とたしかに……」と言い張る。

桜之助は、「空耳か、あるいはそなたが後になってたしかに聴いたと思いこんだ類の話であろう」と取り合わない。

「いかが致した。飯を替えてくれい」

桜之助が差しだした飯茶碗に目もくれず、奈菜は涙の浮かんだ目で桜之助を恨めしそうにみている。不服そうに頬も少しふくらませている。

桜之助は笑い出しそうになったが奈菜は真剣だ。

笑いでもしたら本当に泣き出すか、あるいは……

（これが夫婦喧嘩というものか……はてさて、つまらぬ喧嘩があったものだ）

ここは負けておくほかはない。

「よかろう。では明日、蓮花寺池に参ろうではないか。蓮の花が開く音をともに聴こうぞ」

「はい」

奈菜の顔は嬉しそうに輝いた。

機嫌を直し桜之助の飯茶碗を受け取ると、いそいそと飯を盛る。

普段より大きく盛っている。

桜之助は小鰯の干物の残りで飯をかきこんだ。

翌朝はあいにくの雨になった。

雨だが外出を見合わせるほどの降りようではない。

細かい霧のような雨がしっとりと地を濡らしている。

桜之助が夜明け前に起き出すと、奈菜はすでに支度をして待っていた。

「さ、参りましょう」と桜之助をせかす。

奈菜と表を歩くなど、むろん初めてだ。

武士の身で妻を同道しての他出など、ありえぬ話だ。

幸い夜明け前で、家中の者たちの目は気にせずともよい。

桜之助は爺さまが普段使っている番傘を借りて奈菜の先を歩いた。

奈菜は華奢な女物の唐傘をさして桜之助のあとからついてくる。

ぬかるみができるほどの激しい雨ではない。

桜之助の腰の大小にも雨よけの袋は必要ない。

往来はしっとりと湿り気を帯び、かえって歩きやすいくらいだ。

岡出山を左手に見ながら蓮花寺池をめざす。

桜之助の背後から奈菜の声が飛んだ。

「旦那さま……かように早足でお歩きではついて行かれませぬ」

桜之助は歩みを止め振り返る。

奈菜は片手で傘の柄をもち、片手で前裾をあげながら懸命な様子で桜之助のあとを追いかけている。

(なんとまあ、女子の足は遅いものじゃ)

桜之助はあきれて奈菜を待った。

夜明けの薄明かりに、蓮花寺池を囲む小高い丘の稜線が黒く浮かんでいる。

丘の下に立派な屋根が見える。

生駒監物の肝煎で建てられた能舞台だ。

表向きは本多伯耆守家の繁栄を祈念するためというが、生駒監物の心底は透けてみえる。

主家を思いのまま動かし権勢をふるいたい一心に凝り固まった男だ。

「御家の繁栄ではなく、己が繁栄のみを願うておるのじゃ……」

桜之助の目には、池の畔の能舞台は、禍々しさを内に秘めた館に見える。

結崎太夫が生駒監物に請け合った『すべてよきように』という言葉が思い起こされる。

能舞台の左手に突き出ている鳥屋から朗々とした声が響き渡った。

「とうとうたらりたらりら　たらりあがりららりどう」

『翁』の冒頭、意味不明の不可思議な詞章だ。

声の主は間違いない、結崎太夫だ。

能舞台での舞の奉納のため、田中に到着したばかりだ。

結崎太夫の声は、静まりかえった蓮花寺池一帯に響き渡っている。

「ちりやたらりたらりら　たらりあがりららりどう」

子供の時分、桜之助は『とうとうたらり』を面白がって繰り返し口にしては笑っていたところ、謡好きの祖父に叱られた。

「『翁』は格別の舞じゃ。むやみに口にするでない」

祖父はさらに桜之助を脅すように声をひそめて続けた。

「『とうとうたらり』に導かれ、神が舞台にお越しになるのじゃ……そなたのようにふざけて口にすれば、悪しき神が降臨いたすぞ……」

悪しき神の姿形は桜之助には思いもつかぬ。

ただ、圧倒的な猛威をふるう荒ぶる神、邪悪な神が目の前に降りたつのかと思うと桜之助は恐ろしかった。

桜之助は祖父に『とうとうたらり』の意味を訊ねたが、祖父にもわからぬらしかった。

神を呼ぶ水の流れる音とも、翁の舞の囃子を擬したものとも、さらには遠く吐蕃（チベット）の言葉ともいわれているらしい。

空が白み始めてきた。

能舞台からの声は止んだ。

奈菜はおびえた様子で桜之助の背後に身を隠す。

桜之助は目を細め、能舞台の鳥屋の前を凝視した。

白い衣を身にまとった結崎太夫だ。

いつもと同じく髷（まげ）は結わず総髪にしている。

結崎太夫はまっすぐ桜之助に向かってきた。

結崎太夫はゆったりとした白い衣姿で桜之助の前に立った。

白皙（はくせき）の顔は、さらに青みを帯びている。

「高瀬様……」

結崎太夫の両手は腰の前に揃えられている。

身には扇のほかには何も帯びてはいない。

桜之助は、大刀の柄にかけていた右手を離した。

背後を振り返り奈菜に言い聞かせた。

「恐れずともよい……ただいまからそなたが見聞きする次第は、決して他言無用じゃ。よいな」

顔を紅潮させた奈菜は黙ってうなずく。

桜之助は結崎太夫をまっすぐに見据えた。

強い。

万が一、剣を交えたとき桜之助が勝てるかどうか……相打ちがせいぜいのところやも知れぬ。

結崎太夫は穏やかな口調で桜之助に告げた。

「江戸は少々、騒がしゅうなってきましたぞ」

桜之助は右の拳を腿にあてたまま結崎太夫の言葉を待つ。

「信濃の浅間山の煙が江戸はおろか、下総（千葉県北部・茨木県南部）のあたりまでとどいて参りました。関八州に白い灰が降りそそいでおりまする。加えて北の国々ではまれに見る凶作。民の不安はつのっております」

結崎太夫は口を真横に開いてにやりと笑った。

「田沼はもう保ちますまい……天下の安寧を専らにする浦会は、いずれ田沼を見限りましょうぞ」

桜之助は結崎太夫を正面から見据えた。

「浦会はどうでも、みどもは山城守さまをお支え申す」

「一大名に仕えておられる高瀬さまの身で、果たして支えきれますかな」

結崎太夫は皮肉めいた嘲笑を浮かべた。

「南條釆女の謡本をお渡しなされい。さすれば悪いようにはいたしませぬゆえ……」

桜之助は心に浮かんだままを声にして結崎太夫に返した。

「みどもは決めたのじゃ。決めたうえは、ただ己が心に従うまでじゃ」

結崎太夫は今度は愉快そうに笑った。

「浦会にて服部内記の右腕にもなりうる高瀬殿を籠絡せんとしましたが、かなわぬようでございますな……」

結崎太夫は大きく口を開いた。

口が耳まで裂けているかのような邪悪な笑いだ。

「私は田沼の天下だろうが白河殿の世であろうが、どちらでもよろしゅうございます。ただただ、徳川の世が乱れればよし……そのために中井大和守の図面は欲しいところでございましたが……かなわぬとなれば……」

結崎太夫は顎を引くと、くっくっく……と笑いを漏らす。

桜之助は夜明けの光のなかで、結崎太夫の真実の顔をみた。

邪悪の塊。

禍々しい顔だ。

「せっかく田中の地まで参りましたゆえ、伯耆守さまのご繁栄をお祈りいたすとしましょうぞ……」

桜之助は叔父御の言葉を思い出した。

「結崎太夫の舞と謡には不思議な力があるとの評判じゃ」

結崎太夫は嘲る口調のまま告げた。

「伯耆守さまの奥方には御懐妊と聞き申した……結崎太夫、力の限り祝うて差し上げまする……」

桜之助に数の心細げな顔が浮かんだ。

身体の奥から怒りに似た熱い塊がこみ上げてきた。

「黙れッ」

桜之助は大刀の柄に右手をかけ、ひと息に抜き放った。

抜きざまに結崎太夫めがけて真一文字に払う。

ちょうど東の空から日が昇ったところだ。

結崎太夫の顔は朝陽を受けて朱に輝いている。

桜之助の大刀は空を切った。

結崎太夫ははるか後方に跳びずさり、嘲りの笑いを桜之助に向けている。

ぽんっ、と何かが弾ける音がした。

続けて何度も何度も、同じく弾ける音がする。
「あれ……花が……蓮の花が……」
桜之助の背後で奈菜が低い声をあげた。
桜之助も池の水面に目をやる。
黄金色の陽光を浴びた蓮の花が、池一面に桃色の花を開いている。
あちらでもこちらでも花が開く。
そのたびに、ぽんっと弾ける音が響く。
この世の光景とは思われない。
はっと気づき桜之助は結崎太夫の姿を探す。
結崎太夫の姿はない。
桜之助の目の先には、能舞台が朝陽を跳ね返して輝いているだけだった。
まるで降臨した凶神(まがかみ)を迎える社(やしろ)だと桜之助には思えた。

八

汗ばむほどの陽気になった。

田中の城下はどことなく浮き立っている。

領内の村ごとには祝いの餅が配られた。

蓮花寺池の畔に建てられた能舞台の披(ひら)きだ。

舞台の披きであるとともに、江戸にお住まいの奥方御懐妊の祝いでもある。

御家の千歳万世(せんざいばんせい)を言祝(ことほ)ぎ、奥方の無事のご出産を祈る翁の舞が結崎太夫によって奉納される。

桜之助が蓮花寺池で結崎太夫と対峙(たいじ)した一部始終については奈菜はおくびにも出さない。

事情は全くわからぬながら、桜之助が背負っている役割の重さは理解したようだ。

以来、桜之助の目には奈菜が臈長(ろうた)けてみえるようになった。

どうかすると桜之助より年上に思えるときがある。

また奈菜は、確かに美しさを増した。

妻をみてかような思いを抱くとは笑止千万(しょうしせんばん)、という気もするが、桜之助の偽らざる心情だった。

能は高瀬の爺さまや桜之助たち臣下のほかに、領内の村々の名主も拝見する。

同時に臣下の妻女たちにも、後方からの見物が許されていた。

田中のような田舎では、大きな楽しみとなる。

家中はお能拝見の話で持ちきりになっている。

桜之助は水色の裃を着け屋敷を出た。

江戸で権助が鏝(こて)をあててくれる裃とちがい、奈菜の手で丁寧にぴんとした折り目がつけられている。

見送りに出た奈菜に桜之助は訊ねた。

「そなたは行かぬのか」

奈菜は桜之助の顔をじっと見守ったまま、「はい」とだけ答えた。

先日の一件の意味はわからぬながら、夫と結崎太夫の間に何かが起こるのだろうと覚悟しているかのような顔つきだ。

「旦那さま……ずいぶんお気をつけて……お早くお戻りくださいませ……」

「うむ」

「必ず……必ず御無事でお戻りくださいませ」

桜之助は奈菜の目を避けるようにしてうなずくと、屋敷を出た。

桜之助の心にすぐさま、奈菜の顔をしかと見ておけばよかった、という悔(く)いが湧き起こる。

奈菜はまだ門口に立ち尽くしたまま桜之助の後ろ姿を見送っているに違いない。

振り向いて奈菜のもとに駆け寄りたいという衝動が桜之助を襲った。

「伯耆守さまの奥方には御懐妊と聞き申した……結崎太夫、力の限り祝うて差し上げましょうぞ……」という結崎太夫の声は耳に残っている。

なにが起こるかはわからぬが、主君や数っぺの禍となるものは許してはおけぬ。

今度こそ結崎太夫と雌雄を決せねばならぬ、という思いが桜之助の身体にみなぎっていた。

再び奈菜のところに戻れるかどうかはわからない。

桜之助はもう一度振り返りたいという衝動にようようの思いで打ち勝った。

能舞台の正面と脇には見所が設けられている。

舞台正面には伯耆守さまおひとりが床几に腰掛けておられる。

背後に生駒監物をはじめとする国元の重鎮たちが居並ぶ。

舞台を横から見る脇正面には村々の名主たちが羽織姿で詰めかけている。

桜之助は正面の後ろ、鳥屋や舞台全体を見渡せるところに座を占めた。

桜之助の背後には、家中の歴々の妻女たちが並んでいる。

舞台には囃子方が姿を現した。

『翁』は能楽のなかでも特別な舞だ。

翁は人ではない。神だ。

ゆえに囃子方も侍烏帽子をかぶり、素襖を身につけている。

「いよお、いよお、ほう」

甲高い掛け声に続き、小鼓がぽんと音を立てた。

「いよお、いよお、ほう」

小鼓がつづけてぽんぽんと鳴る。

何度か同じ音型を繰り返した後、鳥屋にかけられた幕がすっと引き上げられた。

神が舞台に姿を現した。

高い翁烏帽子に蜀紅錦の狩衣姿はまさに神としか思えぬ。

面は白式尉。

笑っているような表情だが、同時に見る者に畏怖の念を起こさせる底知れぬ威厳を秘めた面だ。

舞台の上の囃子方の小鼓は、いっそう早く、激しくなってくる。

一刻も早い神の降臨をうながしているかのようだ。

「いよお、いよお、ほう」

翁の両手がゆっくりと真横にあがる。

重たげな朱色の蜀紅錦の袖が、舞台から外界を威圧するかのように拡がる。

面の奥から結崎太夫の深く重い声が響いた。

「とうとうたらり　たらりら　たらりあがり　らりどう……」

桜之助は唾を飲みこんだ。

子供のころふざけて祖父に叱られた翁の文句だ。

文句の意味はわからぬ。わからぬが、舞う者が、神として天下の太平安寧を約束する言葉のはずだ。

翁の面の奥から、続く言葉が発せられた。

「うどりらら　りがあ　りらた　らりらた　りらた　やりち」

見所(けんじょ)に少しざわめきが広がった。

「翁の言葉が……少し違(ちご)うておるようじゃの」

「結崎太夫の流儀であろうかの」などとささやきあう声も聞こえる。

桜之助から生駒監物の横顔が見える。

生駒監物は、たしかに薄ら笑いを浮かべていた。

「これでよい」といわんばかりに、太い顎を二度三度と上げ下げする。

桜之助はすぐに気がついた。

「凶々しい……祝言の翁の倒言（さかしまごと）とは……」

『とうとうたらり』に続く『ちりや　たらり　たらりら……』が逆に唱えられている。

結崎太夫は本多家の繁栄と、なにより数の無事の出産を祈るはずの翁の言葉を逆さにして声にだしたのだ。

言葉が逆さになると、どうなるか。

祝言であるはずの翁の舞が、邪悪な呪詛の舞と変じる。

天下太平、国土安泰、子孫繁栄、五穀豊穣を約束するはずの翁の舞を呪詛の舞に変えようという邪（よこしま）な結崎太夫の思いが凝ったかに思えた声だった。

桜之助は底のない闇をのぞきこんだような思いにとらわれた。

結崎太夫は大きく両手を広げた姿のまま、舞を続ける。

「千早ふる　神のひこさの昔より　久しかれとぞ祝い……」

結崎太夫は左に右に、順に手をさしのべ、最後に大きく広げた手をゆっくりと面の前で結んだ。

舞台では翁による言祝ぎが続く。

翁の開始を告げる言葉が、逆さに唱えられたうえでの舞だ。

翁によって演じられるめでたきことは、すべてが逆になる。

結崎太夫は舞台抜きのめでたい場で舞う翁の冒頭に倒言をほどこし、本多家への呪詛の舞としたのだ。

「結崎太夫……許さぬ……」

翁の面が舞台の上から桜之助の顔をまっすぐにとらえている。

面の奥から結崎太夫が桜之助に語りかけていた。

「そなたには守り切れるかの……大切なものどもを……」

桜之助は翁の面から目をそらさない。

奈菜が鏝をあててくれた裃の先端が、風になびいてぷるぷると揺れていた。

桜之助は肩のあたりで何かが細かく震える微かな感触を覚えた。

翁の舞の奉納が終わった。

家中の者たちは城でもよおされる祝宴に移る。

見所を埋めつくしていた者たちも去り、蓮花寺池の周囲は普段の静けさを取り戻した。

桜之助は池の畔で結崎太夫を待つ。

結崎太夫は必ず現れるだろうという確認が桜之助にはあった。

先日、蓮の花を見たところだ。

池一面は夕陽を受け橙色に染まっている。

まるで地獄にたぎる血の池のようだ。

能舞台を抱える小山の向こうに日は沈もうとしている。

能舞台の屋根はまるで巨大な鳥が広げた翼のように黒い影となって宙に浮かんでいる。

巨大な鳥の影の下に白い姿が浮かんだ。

白衣に白袴、髻(もとどり)を切って総髪におろしている結崎太夫だ。

結崎太夫が手にさげた細長いものが鈍く光を放っている。

抜き身の大刀だ。

柄は巻かれておらず白木のままだ。

桜之助は裃を撥ね上げると右肩を前に出し、腰の大刀を抜き放った。

結崎太夫の白い顔が浮かんでいる。

薄気味の悪い笑みを浮かべているようだが、笑っているのではない。

結崎太夫は落ち着きはらった普段の顔はかなぐり捨て、あからさまな殺意にみちた顔になっていた。

右手にさげた白木の柄の大刀を前方下に向けたまま、滑るような歩みで桜之助に向かってくる。

結崎太夫は歩みを停めぬまま桜之助に叫んだ。

「おとなしく従えばよかったものを……愚かな男じゃ」

まるで謡っているかのような声と抑揚だ。

桜之助も応じる。

「祝いの舞に倒言を用いるとは……邪な……許せぬ」

桜之助と結崎太夫の間は十歩ほどになった。

結崎太夫は突然、桜之助に向けて突進した。

下に向けた大刀を撥ね上げざまに桜之助に斬りかかる。

早い。

また、切っ先がどこから繰り出されるかがみきわめられぬ。

右の二の腕にひんやりとした感触が走ったかと思うと、熱い痛みが桜之助を襲った。

結崎太夫の切っ先は桜之助の右腕をかすめていた。

かすり傷で済んだが、いつまでも受けきれるかどうかはわからぬ。

結崎太夫が嬉しそうな声で続けた。

「わが祝言をしかと受けとったか。奥方にも、無事に子など産ませはせぬぞ」

桜之助の耳の奥に結崎太夫の気味の悪い声が響く。

「うどりらら　りがあ　りらた　らりらた　りらた　やりち……」

心細そうな数の顔も目に浮かぶ。

いくぶんほっこりと、瞼も重たげな身重の女の幸せそうな顔つきだ。

桜之助は覚悟を決めた。

今度は左手と右手の位置を逆にして大刀を持ち直す。

「ふぬっ」

気合いとともに桜之助は結崎太夫に襲いかかった。

一合、二合と剣を交わし、三合目に狙っていたとおり鍔競り合いになった。

桜之助と結崎太夫は互いの大刀を押しつけあったままぐるりと体を入れ替える。

結崎太夫の背後に、橙色の蓮花寺池が見える。

桜之助はひときわ強く押し返す。

合っていた剣が紙一枚分ほど離れる。

すかさず桜之助は左手で大刀を支えたまま右手で左腰の小刀を抜くと、結崎太夫の脇腹に突き立てた。

結崎太夫の目がかっと見開いた。

桜之助はもう一度小刀を結崎太夫の脇腹に突き立て、抜く。

結崎太夫は腰を曲げ、胸を前に突き出すような姿勢になった。

「刀を抜いて胸のあたりを　刺し通し　刺し通さるれば　肝魂（きもたましい）も　消え消えと　なるところを……」

以前に結崎太夫が舞ってみせた『藤戸』が桜之助の耳の奥によみがえる。

結崎太夫は二度、三度と独楽（こま）のようにくるくると回転すると、蓮花寺池の中に沈んでいった。

結崎太夫の死骸はついにあがらなかった。

天明四年（一七八四年）も四月（現在の五月中旬）になった。

奥方は、二月に男の子を産んだ。

栄松と名づけられた。

「数っぺ……いや、奥方さま……おめでとう。殿によう似てござる。発明（はつめい）そうな顔立ちじゃ」

桜之助は、数が身を寄せている実家（さと）の永井家の中屋敷に祝いに駆けつけた。

伯耆守さまからは、「若子（わこ）の様子をしかと見届けて参れ」というおおせをうけている。

世継ぎを産んだ数の身を案じた伯耆守さまは、数と赤子を永井家に帰したのだ。

嬰児(みどりご)を胸に抱いた数は、桜之助の言葉に黙って微笑んだ。

かたわらで数に仕える老女が袂で目を押さえた。

老女の涙は嬉しさのためばかりではない。

国元の田中では相も変わらず生駒監物が権勢を振るっている。

奥方出産の知らせに、怒り狂わんばかりの苛立ちをみせているという。

先日には伯耆守さまは白河殿から招きを受けた。

公儀の御用ではない、ごく私(わたくし)の招きだ。

招かれたといっても質実を旨とする白河殿だ、酒肴(しゅこう)が供されたわけではない。

薄茶を馳走になりながらの世間話を交わすなかで、白河殿がつぶやいたという。

「一国一家を背負う者にとって、夫婦の和合が肝心でございますぞ……家に置いておかれぬのであれば、もはや妻とは申せますまい……」

数を離縁せよという示唆だ。

生駒監物の訴えに白河殿が腰をあげたという形だ。

伯耆守さまには抗(あらが)う術(すべ)はない。

奥方御離縁のことは家中でも決まった話として取り沙汰されている。

桜之助は数の行く末を案じる。

「この高瀬桜之助、必ずや奥方や若子さまのお力になりますぞ」

ここ何年か続いている長雨や、前の年の浅間山の噴火によって世情は落ち着かぬ。

江戸留守居役の寄合に集まるものたちの顔色も、いちようにさえない。

ことに奥羽の各地は未曾有(みぞう)の大飢饉に見舞われていた。

北にある津軽土佐守さまの領内では、夏でも綿入れを着ねばならぬほどの寒さだったという。

寒い夏のために稲は立ち枯れた。

農民たちを飢えが襲う。

津軽家の先代の越中守さまは国内の米四十万俵を江戸や大坂に廻してしまわれていた。

田沼さまの創り出した天下の風潮により、米を金に替えようとされたのだ。

結果、津軽では実に八万余の農民が餓死したという。

津軽だけではない。

八戸(はちのへ)では六万五千人の農民のうち半数がやはり餓死。

浅間山の灰に見舞われた上野、下野、信濃の国々も飢饉に見舞われている。

これまで江戸留守居役の寄合は金に糸目をつけぬ豪勢な膳が並んでいたが、さすがに質素なものになっている。

桜之助を目の敵にしていた色黒の古参などもみる影もなくしぼんでいる。

国元で後ろ盾となっていた重鎮が、一揆の責を問われ切腹したのだという。

「民百姓にはなんの罪もござらぬのに、気の毒な……」

江戸留守居役の寄合でつぶやく声が聞こえる。

「なんでも、馬や犬、猫はいうにおよばず……死んだ者の……」

耳を覆いたくなるほどの惨状が江戸にも伝えられている。

つぶやきはそこここからも立ちあがる。

「百姓がつくった作物を金に替えれば国が富む……かようなやり方を奨励した御政道の過(あやま)ちではないのか」

「さよう。その通りじゃ」

やがて声はひとつになっていった。

「これはすべて、田沼さまの過ちじゃ」

九

三月二十三日（現在の五月十二日）だった。

桜之助は三津田兵衛からの招きをうけた。

三津田兵衛こと若年寄田沼山城守さまの住まいは、父君、田沼主殿頭（とものかみ）さまの屋敷のなかにある。

山城守さまとしてではない、三津田兵衛としての招きだ。

桜之助も年上の朋友を訪ねるつもりで田沼家上屋敷を訪れた。

武家では朋友を招いた折でも奥方が座に交わったりはしない。

ましてや田沼山城守さまという歴とした大名ともなれば、奥方が人前に出るなどは厳に慎むものだ。

田沼家の奥方は違った。

奥方自ら桜之助を手放しで歓待してくれた。

兵衛は酒を奥方に命じる。

折り目正しい兵衛が日のあるうちから酒を口にするとは珍しい。

「たまには昼酒もよかろうと思いまして、な……お付き合い願おう」

兵衛と酒を酌み交わす席が桜之助には嬉しかった。

結崎太夫との戦いのあと、桜之助の心は晴れない。

「高瀬殿、何かご心配ごとでもおありか」

兵衛に訊ねられ桜之助は結崎太夫との一件を打ち明けた。

桜之助は旗本の家に生まれたゆえに剣術の稽古をさせられた。

剣術の腕前は、どうやら人並みすぐれていたらしい。

だが、剣術によって人を殺(あや)める次第になろうとは夢にも思ってはいなかった。

兵衛は穏やかな顔で桜之助を慰めてくれた。

「邪なものを許さぬという高瀬殿のまっすぐな御気性ゆえのしわざ……また御主君や奥方への忠義からの出来事でござる。お気に病(や)まれぬよう」

兵衛は奥方に酒を注(つ)がせながら続けた。

「それにしても、死骸があがらぬとは奇妙千万(きみょうせんばん)でござるな」

「さよう……結崎太夫の一件は家中には誰にも告げてございませぬ……蓮花寺池で遺骸があがったら急ぎ知らせるよう、妻には申しつけてございまするが……」

「実は結崎太夫は生きておるのでは……いや、これはつまらぬ無駄口をたたきました。お許しくだされ」

兵衛は杯をおいて桜之助に軽く頭をさげる。

結崎太夫に突き立てた小刀の感触は、桜之助の右の掌にはっきりと残っている。

感触とともに『藤戸』の一節、「胸のあたりを　刺し通し　刺し通さるれば……」が耳の奥で響く。

人を殺めたという思いにとらわれていた桜之助には、兵衛の優しい言葉や気遣いが嬉しく身にしみた。

「実は高瀬殿に折り入って頼みがござる」

兵衛は柔らかな笑みを桜之助に向けた。

「明日の話でご迷惑とも存じまするが……奥を芝居に連れていってやってはくだされぬか」

桜之助は驚いた。

「みどもが奥方さまと、でございまするか」

奥方も桜之助に向き直り、仰々しく両手の先を膝の前につけた。

「勘弥の芝居にございます……木挽町の森田座へ……殿とはかねてから約束だったのでございますが、明日は急な御登城というので行かれなくなった、と……ひどいではございませぬか。女の身で、ひとりで見物などできませぬ」

奥方は本気で腹を立てているようだ。

頬を膨らませて夫の兵衛の顔を横目でにらみつけるところはとても大名の奥方のようではない。

小娘が拗ねているかのようだ。

兵衛は笑いながら奥方をたしなめると、あらためて桜之助に頼んだ。

「いかがでございますかな、高瀬殿。奥がわがままを申したら、うんと叱ってくだされ……」

ははは、と機嫌よさそうに笑う。

ほかならぬ兵衛の頼みゆえ、桜之助は奥方との芝居見物を引き受けた。

奥方は、「今年の森田座には鼻高の幸四郎が出ております……たいそう評判で……楽しみなことで」と屈託なくはしゃいでいる。

桜之助も苦笑するほかはなかった。

兵衛は桜之助に告げる。

「迎えの駕籠は、ほれ、以前と同じく中橋のあたりに待たせてございます。芝居茶屋の者に言いつけて呼びにやってくだされ。それから何かお申し付けがございましたら、茶屋に気の利いた者がおりますゆえその者に……」

加えて桜之助は、田沼家の用人の名も教えられた。

微行（おしのび）の芝居見物にもかかわらず、ずいぶん念の入った段取りを聞かせてくれるものだ、と桜之助は思った。

一方で田沼山城守という大名の身ゆえ、念の入れようも当たり前とも思える。

少し酒を過ごした、という兵衛について桜之助は庭を歩いた。

泉水の周囲に植えられた庭木の緑がさわやかだ。

兵衛は足を停め、桜之助に向き直った。

「高瀬殿……」

「はっ」

兵衛の顔つきは平素と変わらぬ穏やかさだが、声にはどこか切迫した調子が籠もっている。

「貴公のような方と近づきになれて、みどもは心底、幸いと思っておりまする」

唐突な兵衛の言葉に、桜之助は何と返したものかわからぬ。

「いかがでござろう……みどもの差料（さしりょう）……脇差を、高瀬殿のお腰のものと交換してはいただけまいか」

兵衛の申し出に、桜之助は絶句した。

「差料でございますか……それはあまりにつり合いがとれますまい……」

桜之助の小刀は、祖父からゆずられた貞宗（さだむね）だ。

貞宗は名匠で名高い正宗（まさむね）の弟子だが、刀身には銘は入っていない。

無銘（むめい）の貞宗で、ほんとうに貞宗作かどうかもはなはだ怪しい。

大名の山城守さまの差料と交換してつり合いなどは望むべくもない。

「しかもみどもは……この貞宗にて結崎太夫を刺したのでございます……」

むろん小刀はすぐに研（と）ぎにだしたが、人を殺めて穢れた刀だ。

他人の腰に帯びさせるなど、慎まねばならぬところだ。

兵衛は、固辞する桜之助に構わず、左の腰から金粉を散らした鞘におさまった脇差を抜きとると、桜之助に押しつけた。

「高瀬殿のような強い武士の差料、きっと魔除（まよ）けになり申す。ゆえに身に帯びていたいのじゃ……強く、まっすぐな高瀬殿の魂を……」

兵衛は貞宗を腰に差し、桜之助に顔を向けた。

「明日は奥を……くれぐれも……お頼み申しまする……大身の家の生まれゆえ、娘気分の抜けぬ女でございまするが、なにとぞ……」

「はっ。お任せくだされ」

桜之助は軽く頭を下げて兵衛に請け合う。

ほかにどう応じたものか、思いもつかなかった。

桜之助が顔をあげると、兵衛の顔とまともにぶつかった。

兵衛の顔からは笑みは消えている。

苦痛をようようの思いで押し殺しているような厳粛な顔つきのまま、桜之助の顔をうち眺めている。

この世のものの顔ではないようだ……と桜之助は思った。

十

翌三月二十四日。

桜之助は兵衛の奥方の供をして木挽町の森田座に入った。

以前と同じような桟敷(さじき)だ。

平土間も客で埋まり始めた。

小屋全体をぐるりと見回した桜之助は、まさか松山主水たちはおるまいな、と苦笑した。

芝居は『梅川忠兵衛恋飛脚（うめかわちゅうべえこいのひきゃく）』。

上方（かみがた）の心中ものだ。

奥方のご贔屓（ひいき）、鼻の幸四郎は忠兵衛の役だ。

進退きわまった忠兵衛が、なじみの遊女の梅川の手前もあり、店の金五十両を包んだ封印を切る。

封印を切った忠兵衛は、ぎゅっと口を結び天をあおぐ。

奥方は幸四郎の姿の美しさに、嬉しそうに桜之助を振り返る。

夫の兵衛とであればともに語らいながら見物できただろうに、と思うと、申し訳なさが先に立った。

小屋では芝居の最中でもかまわずに、あとからあとから客を入れる。

平土間もほぼいっぱいになっている。

舞台から目を客席に移した桜之助は、桟敷に押しこめた身体を「んっ」と前に乗り出させた。

松山主水がいる。

よもや、と思い小屋中を見回すと、主水だけではない。

後藤頼母や沢松伊織、浜島新左衛門の姿も平土間にある。

浦会の四人が芝居小屋に集まっている。
何が起ころうとしているのか、桜之助にはわからぬ。
(こ……これは……)
中井大和守の図面を渡していない桜之助は、浦会への出入りは止められている。
なにか尋常ならざる事態が起きているのではないかと桜之助は直感した。
(浦会が……動いたか……)
突然、小屋の客席の入り口、鼠木戸と呼ばれるあたりが騒がしくなった。
木戸番が誰かを押し留めようとしている様子だ。
「退け、退かぬか」
大声とともに黒羽織に縞袴姿の侍が、平土間に闖入してきた。
侍は平土間に詰めかけた客たちを蹴散らしながら舞台下へと進んでいく。
「どうした、何事でぇ」
「芝居の途中に何の騒ぎでぇ」
客たちは口々に怒鳴っている。
芝居など続けられぬ騒ぎに役者衆も引っこんでしまった。
黒羽織の侍は舞台下に仁王立ちになる。

ぐるりと首をめぐらせて、栈敷を見回す。

「あれ……あの者は……」

奥方が小さな声をあげた。

小屋に踏みこんできた侍は田沼家の奥向きの用人だ。

用人は声を張りあげ奥方に呼びかけた。

「さ、奥方さま……お早くお戻りを……一大事、一大事にございまするぞ……殿が、殿が……」

「殿がいかが致したのじゃ」

奥方はか細い声で用人に問いかける。

小屋中の騒ぎはますます大きくなり、奥方の声は通らない。

用人は再び奥方に呼びかけた。

「お早くお戻りを。すでに御駕籠は小屋の前につけてございますれば」

「何事が起きたのじゃ」

奥方は何が起こっているかわからぬ様子だ。

ただ同じ問いを繰り返しているだけだ。

「高瀬殿……一刻も早う奥方をお連れ致すのじゃ」

いつの間に来たのだろうか、背後から主水の声がする。

「やむを得ぬ、抱きかかえてもお連れ申せ」

主水の背後には頼母や伊織の顔も見える。

皆、顔は青ざめてこわばっている。

桜之助は主水に訊ねた。

「いかが致したのでございまするか……いったい何が……山城守さまに何が……」

客席から大きな声が響いた。

「田沼山城守さまが刃傷沙汰（にんじょうざた）で斬られなすった、とサ」

奥方がハッと息をのむ声が聞こえた。

小屋中から「ほおっ」というどよめきともため息ともつかぬ声が上がる。

主水は桜之助を再びうながした。

「さっ、早う奥方を……」

桜之助は主水の声に弾かれるようにして背後から奥方の両腕の下に手を入れた。

「御免ッ」

身体中の力が抜けたのか、奥方は桜之助のされるがままだ。

桜之助は奥方を抱きかかえ桟敷から引きずり出す。

主水たちが先に立ち、客たちを押しのけて路(みち)を空けてくれる。

小屋をあとにする桜之助の耳に、客たちの声が響いた。

「どうでえ、田沼のせがれが斬られたとョ……めでてえじゃねえか」

「これで世の中も、ちったぁよくなるってもんだ」

「どこのどいつか知らねえが、斬った奴ァ、世直し大明神(でえみょうじん)さまだぁな……」

十一

時刻は九ツ半過ぎ（午後一～二時ころ）だったという。

田沼山城守さまは、千代田の城から退出しようとしたところを斬りつけられた。

山城守さまはすぐに駕籠に乗せられ神田橋門内の屋敷に送られたという。

桜之助は木挽町から神田橋まで、奥方の駕籠に付き添って駆け抜けた。

駕籠は田沼の家中の者たちがおおぜい警護している。

平素なら桜之助は田沼家中に任せていたはずだ。

「みどもは兵衛殿から任されたのじゃ……『奥をたのむ』、と……兵衛殿との約束じゃ……」

桜之助は駕籠の行く手にいる町人たちを怒鳴りつけながら駆けていた。

桜之助の勢いに、田沼の家中でも止めだてする者はいない。

「どけ、どけい……急ぎの駕籠じゃ、邪魔を致すな……」

駕籠は神田橋門内、田沼さまの上屋敷に駆けこんでいく。

「奥方のお戻りじゃ」

駕籠に付き添っていた家中の者たちは口々に呼ばわりながら門内に吸いこまれていく。

芝居小屋に闖入した用人が桜之助に黙礼をする。

桜之助はようやく我にかえった。

あとは田沼家に任せるよりほかはない。

「高瀬殿、御苦労でござった」

背後から松山主水の声がする。

「山城守さま……いや、三津田兵衛殿も……奥方を高瀬殿にお任せしてよかったと思っておられるはずじゃ」

「兵衛殿は……兵衛殿は……」

桜之助は主水を問い詰める。

主水はこわばった顔で桜之助に告げた。

「表向きは、手傷を負われて屋敷に運ばれたとされておるが……すでに千代田の城内で息を引きとっておられた」

主水の目には涙が浮かんでいるように見えた。

「田沼山城守さまへの刃傷……浦会が決めた次第でござるよ」

十二

若年寄田沼山城守さまは、同じく若年寄の太田備後守さま、酒井石見守さまと連れだって退出した。

城内の新番所の前には大目付をはじめ勘定奉行、作事奉行、普請奉行町奉行ら十六人もが居並び、若年寄の退出を見送っていた。

衆人監視のなか、新番所から番士のひとりが抜き身をさげて駆け出し、山城守さまに襲いかかったという。

番士は桔梗の間の近くで山城守さまに追いつき、肩から袈裟懸けに斬りおろした。

山城守さまは桔梗の間に逃げこんだが、さらに二ヵ所を斬りつけられ、うつぶせに倒れられた。

桜之助の貞宗を鞘のままふるって応戦したが力尽きたという。

桜之助は、いつぞや酔漢に立ち向かっていったときの兵衛の言葉を思い出した。

「みどもは生涯、刀は抜かぬ」

言葉のとおり兵衛は、桜之助の貞宗をついに鞘から抜くことはなかった。

ここでようやく大目付の松平対馬守(つしまのかみ)さまが駆けつけ、背後から番士を組み伏せた。

相役の若年寄のふたり、見送りのために居並んだ十六人、あわせて十八人は、山城守さまが斬り倒される一部始終を目の当たりにしていながら身動きもしなかった。

「見殺し……でございまするか……」

桜之助はうめいた。

主水はただ、「浦会の決めなれば」と短く応じただけだ。

桜之助は浦会が有している隠然たる力を見せつけられた思いだった。

浦会が決めた以上、公儀の重鎮とて手出しができぬのだ。

昨年来の大飢饉、浅間山の噴火などで人心は大いに乱れている。

「世の不安や不満をいち早くかぎ取り天下の安寧を図るが浦会の役割じゃ……田沼さま

への怨嗟の声はもはや止めようもない。が、ここで老中田沼さまを排するとあっては、より大きな乱れのもととなる。されば……」

子息の山城守さまを害することで民の溜飲を下げるしかない。

服部内記が決定を下した。

芝居小屋から奥方を連れ出すときに耳にした客たちの声が思い出される。

「どうでえ、田沼のせがれが斬られたとョ……めでてえじゃねえか」

「これで世の中も、ちったぁよくなるってもんだ」

「どこのどいつか知らねえが、斬った奴ァ、世直し大明神さまだぁな……」

兵衛はいわば、徳川の世を安定させるための人身御供だ。

服部内記の決定を聞かされた老中田沼さまも、また山城守さまご自身も、黙って受けいれたという。

奥方は勘弥の芝居行きを楽しみになさっていたのだろう。

兵衛は死に行く我が身に代わって、桜之助に奥方への同行を頼んだのだ。

「お優しい方であった……」

桜之助の心の堰（せき）が切れた。

桜之助は、がっくりと両膝を地に突いた。袴の腿のあたりを摑んだ手がぶるぶると震える。
(こらえねば……)と歯を食いしばったが無駄だった。
桜之助の両の目からは熱い涙がほとばしった。
涙はうつむいた桜之助の顎の先を伝って、江戸の土に落ちていく。
桜之助は主水から、山城守さまを斬った番士の名を聞いた。
新番組蜷川相模守組、旗本五百石、佐野善左衛門政言。
「以前に……芝居帰りに山城守さまにくってかかっていた男……」
桜之助は太い眉を逆立てた、いかにも一徹者らしい善左衛門の顔を思い浮かべた。

十三

鉄仙和尚のもとを久方ぶりに訪れた。
和尚の柔和な顔を拝まずにはいられぬ心もちだった。
前日の四月十二日(現在の五月三十日)は田沼山城守さまの葬儀だった。
桜之助は他家ながらお見送りをしようと神田橋門外で葬列を待った。

山城守さまの逝去は四月二日に公にされた。

山城守さまを斬った佐野善左衛門は三日に切腹を申しつけられ、浅草の徳本寺に葬られた。

するとと江戸の町中では、実に不埒な光景が見られた。

善左衛門の墓に、江戸の民たちが群集した。

徳本寺の賽銭箱には日に十四、五貫文もの銭が入れられた。

善左衛門の墓には手向けの花が隙間なく立てられ、線香の煙が絶えない。

寺の前には善左衛門の墓参りを当てこんで筵敷き（むしろ）の花売りや線香売りが三軒も出る。なかには四斗樽に水を入れ、香華の水として売る者も現れる始末だ。

田沼家への侮辱や嘲笑も白昼に堂々となされるようになった。

物乞いがふたり、俄（にわか）、ふざけた即興の芝居をして江戸中を稼いで回った。ひとりが田沼家の家紋、七曜の紋のついた薦（こも）をかぶる。あとを別なひとりが追いかけて木の棒で斬る真似をする。

物乞いたちの所作をみた者たちは腹を抱えて笑い転げ、吐き捨てる。

「へんっ……ざまあねえや……」

山城守さまの棺（ひつぎ）は暮れ六ツ半ころ（午後七時半ころ）に神田橋門内の屋敷を出た。

田沼家の菩提寺、駒込の勝林寺に向かう。

神田橋を渡り江戸市中に出るや、葬列の前に数人の物乞いがばらばらと立ちふさがった。

「おらたちの村は死に絶えてございます……江戸に逃げて参りました……おめぐみをォ……」

葬列の警護をする者は物乞いたちを追い払う。

「寄れッ、寄れい」

物乞いたちは負けてはいなかった。

「へん……乞食にわずかな施しもしねえのか……後生が悪いぞ、田沼さま……」

毒づいたひとりの物乞いに、仲間が声をかける。

「いいぞ、きの字……もっと言ってやれ」

仲間から勢いをもらった物乞いは、さらに雑言を行列に向かって浴びせかける。

（きの字、という、あの物乞い……たしか……）

以前に生酔いの侍たちにいじめられていたところを兵衛が助けた物乞いだ。

きの字は仲間の先頭に立って、葬列に向けて石を投げた。

物乞いたちもきの字に続く。

「なんでえなんで、どうしたい」

物見高い町人たちが集まってくる。

「田沼の葬式だとよ。乞食がおもらいに行ったが、追い払われたとさ」

「わずかばかりの銭だ、めぐんでやりゃいいじゃねえか……かまうこたあねえ。乞食に加勢だ」

「やっちまえッ」

町人たちも葬列に向かって石を投げ始める。

警護の侍たちも「これ、やめぬか」と叫ぶだけでなすすべもない。

やや大きめな石が山城守さまの棺に当たった。

桜之助の耳に、ゴンという鈍い音がとどいた。

「とても話、見てはおられぬありさまでございました……ついにみどもも……」

桜之助は山城守さまの棺の前に立ちはだかった。

飛んできた石が桜之助の頬をかすめる。

「やめろ……やめいッ」

桜之助は叫ぶと、懐に手を突っこんだ。

桜之助は常に心得として一分金（いちぶきん）を十粒ほど革の巾着に入れて身につけている。

桜之助は革巾着から一分金をつかみだすと、物乞いたちめがけて投げつけた。

「これでもくらえ……拾ってゆけ……」

「高瀬殿……一分金では物乞いたちが使いにくうございますぞ……小銭でめぐんでやらねば……」

桜之助の背後の棺の中から、三津田兵衛の穏やかな声が聞こえてきた。

「これでよいのでござる……みどもの死によって皆の気が鎮まり、天下の安寧が保てるのであれば……」

続いて兵衛の笑い声も聞こえた。

「あのきの字と申す物乞いも、壮健でなによりでござるの、高瀬殿……そうではござらぬか」

桜之助の話を黙って聞いていた鉄仙和尚は口を開いた。

「以後は田沼さまに代わって、白河殿が力を……」

「ゆくゆくは……されどすぐに取って代われるはずもございますまい……老中田沼さまも近々に加増のご沙汰がおりるやに聞いておりますれば」

おそらくは……と続けた桜之助の心に、印旛沼の干拓について熱く語る山城守さま、いや兵衛の熱い口調がよみがえった。

「坂東の地に広大な田畑があらたに生まれるのじゃ」

印旛沼の計画さえうまくいけば民は潤う。

田沼さまの時代はまだ安泰のはずだ。

桜之助の耳の奥で兵衛の声が響いた。

「できるならば、みどもが印旛沼の陣頭に立ちたいものじゃ」

十四

江戸に比べると心なしか風がきつく感じられる。

小高い丘から見晴らしている桜之助の目の前には、広大な葦原が広がっている。

下総の印旛沼の西の端、平戸沼のあたりだ。

平戸沼から検見川まで、四里あまりの掘り割りをうがいているところだ。

この掘り割りが通れば印旛沼の水は江戸湾に注ぎこまれる。

周辺の村々は水の氾濫から解放される。

桜之助は心の内で呼びかけた。

（山城守さま、いや、兵衛殿に成り代わって、見に参りましたぞ）

何百人ともつかぬ人足たちが沼の泥をかい出し、溝を掘り進めている。

「きっと……きっとうまくゆく……」

桜之助の背後の葦が、さわっと動いた。

桜之助は振り向いた。

「ほう……思ったより進んでおるの……」

服部内記だった。

手を額にかざして沼の方角を臨んでいる。

桜之助は向き直り、内記と対峙した。

浦会へ出入り止めになって以来、久方ぶりだ。

乾いた風が桜之助に吹きつける。

桜之助は左腰の大刀の柄に手をかけた。

内記も桜之助の動きにあわせ、左足を少し下げ半身の形になった。

「山城守さま……いや、三津田兵衛殿の仇討ちのつもりかの、高瀬殿……」

桜之助は答えず、抜いた刀の切っ先を内記にまっすぐに向けた。

「服部内記殿……そなたを斬る」

いや、斬らねばならぬ、という思いが桜之助の身体中にみなぎった。

内記も半身のまま大刀を抜いた。

桜之助は内記の息をはかる。

「ふんっ」

桜之助は大きく足を踏みこむと、内記めがけて打ちこんだ。

ガキッ、という音とともに桜之助と内記の剣が嚙みあった。

内記の受けには押し戻されるような強さはないが、かといって弱々しさとは無縁の手ごたえだ。

桜之助の切っ先を、軽く受け流している。

（つ……強い……）

内記から体を離した桜之助は、今度は刀身を顔の右側に立てて構えた。

内記の側面をうかがおうと左に左にと回る。

内記は切っ先を地に向け、桜之助の動きにあわせて身体を回す。

「やあッ」

身体をかわした内記は、低いところで桜之助の剣を受けとめる。

桜之助の右肩と内記の左肩が並んだ。

内記の声が桜之助の耳に届いた。

「中井大和守の絵図をお渡しなされい。そして浦会にお戻りなされよ、高瀬殿」

「断るッ」

桜之助は内記から身体を離すと、刀身を斜めに振りおろした。

内記は身軽にぽんと飛びさがって桜之助の一撃をよける。

「天下に不安が広がれば、邪なものもあらわれ申す……結崎太夫のごとき真田の残党なども、のう……天下の安定を図らねば、民百姓のためにならぬ。そうは思わぬか、高瀬殿」

桜之助は再び切っ先を内記に向けた。

非情にも兵衛の命を奪った内記は、是非とも斬らねばならぬ。

また兵衛亡きあと、浦会など知った話ではない。

だが「天下の安定を図らねば」という内記の言葉に、桜之助は動けなくなっていた。

天下の安定は、兵衛の志ではなかったか。

内記は桜之助の心のうちを見通しているかのように、静かな声で告げた。

「山城守さまのお命を頂戴することによって民の不満をやわらげ、天下の安定を図る……浦会の意思を『大乃』の隠れ座敷でお伝え申したときに、のう……」

内記は静かに刀を下ろした。

顔つきは柔らかく、慈しむかのような目を桜之助に向けている。

「みどもの話を聞き終えたとき、三津田兵衛殿はの……にっこりと笑われたのじゃよ、高瀬殿……」

「なんと……兵衛殿はにっこりと……笑った……」

桜之助には兵衛の言葉が聞こえるようだった。

「この命で天下が安定するならば、よきようにお使いくだされ」

兵衛の美しい笑顔が桜之助の目に浮かんだ。

「笑いましたか……兵衛殿は……」

桜之助も切っ先を下げた。

抜き身を持った手の力が抜けた。

「わあ……わあああああ……」

喉の奥から嗚咽がほとばしる。

「わあああああああ……」

桜之助は赤子のように手放しで泣いた。

遠くからは、掘割工事の人足たちが呼ばわる声が響いていた。

十五

桜之助は内記と並んで腰をおろした。

桜之助は訊ねた。

「印旛沼の干拓、首尾よう運んだあかつきには田沼さまの勢いもまた増しますでしょうな」

内記はしばらく黙ったあと口を開いた。

「昨年の浅間山の灰は信濃下総一円に注いでおる……印旛沼につながる鹿島川、高崎川、神崎川、長門川……すべて川底が嵩上げされ浅くなっておる。まもなく雨季じゃ。おそらくは……」

内記は再び沼に目をやった。

「一度でも大雨が降ればひとたまりもあるまい……底が浅くなった川の水はあふれ出て、沼はもとのごとくになろう。さすれば田沼さまの志も無に帰するは必定……」

桜之助は沼に目を送った。

兵衛の声がした。

「なに、田沼の世がどうなろうとも、天下が平らかであればよいのじゃよ」

桜之助は、兵衛がさわやかに笑いながら言い放つ声をたしかに聞いた。

目の前の葦原が風をうけて一斉にざわめいた。

内記は続けた。

「またそなたの主君、伯耆守さまや奥方、お世継ぎを守るため……そなたが正しいと信ずる道をゆくためにも、己のほかの力が必要じゃ。そうは思わぬかの」

内記は桜之助に向きなおると、力強い声で告げた。

「高瀬殿……浦会に戻るのじゃ。中井大和守の絵図を、お渡しなされい」

桜之助は内記にまっすぐに顔を向けた。

「ご老人は申されましたな……『浦会の宰領は、神仏をも畏れぬ悪鬼とならねばつとまらぬ仕業』と……」

桜之助の心にたかぶりはなかった。

ただ、心の奥から出る言葉を素直に口にしていた。

「みどもは悪鬼を憎みまする。ご老人のお申し出、御断り申す」

内記の顔つきは変わらない。

あたかも桜之助の返答を予期していたかのようだ。

「さようか……やはり、かなわぬか……高瀬殿」

内記の顔にかすかに笑みが浮かんでいる。

「松山殿の申されたとおりじゃった……まあよい。絵図のありかを浦会がしかと承知しておりさえすれば、公儀は手出しできぬゆえ、の」

内記は寂しげに問いかけた。

「悪鬼の道ではないやり方とは、何であろうの……」

内記は己に問いかけたかのように、しばらく黙した。

やがて内記は厳かな顔になり、桜之助に言い渡した。

「どこまで通ずるか、やってみるがよろしかろう。高瀬殿」

桜之助は無言のまま、葦原の先でうごめく人足たちを見つめ続けた。

印旛沼から神田橋門外の屋敷に戻ったときには、もう日が暮れかかっていた。

権助が桜之助に国元からの書状を渡してくれた。

高瀬の爺さまからの手紙だ。

「爺さまが、珍しい」

桜之助は旅装束も解かず、立ったまま書状を開ける。

読み終えると桜之助は書状を置き、権助に告げた。

「急ぎ出かけてくる」

権助は驚いて桜之助に訊ねた。

「出かけてくると……今しがた帰えってきたとこじゃねえだか……どこへ行きなさる」

「日本橋までじゃ。いつも参詣しておる祠に参ってくる」

権助はあきれている。

「そんだ急いでお参りせねばいけねえだか」

桜之助は「ああ」とだけ答え、再び爺さまからの書状を取りあげた。

「みどもは江戸詰めとなって以来、あの祠に願をかけていたのじゃ……見よ、願がかなった」

桜之助は書状の文字を権助に示す。

「おらあ、字は読めねえだよ」

無筆の権助は、桜之助の勢いにただ驚いて目を白黒させているばかりだ。

桜之助は権助に告げた。

「権助……奈菜にややができたのじゃ」

編集協力／小説工房シェルパ

本書は書き下ろし作品です。

影がゆく

稲葉博一

落城寸前の浅井家、唯一の希望、月姫。その幼き命を狙う魔人信長。姫を逃すため、精鋭の武士と伊賀甲賀忍者は決死の逃避行へ。だが、秀吉の命を受けた非道な忍びが襲い掛かる。絶対的危機の中、蜂のごとく苦無を刺す少年忍者・犬丸と高速剣技の使い手・弁天との邂逅が一行の光明に――超弩迫力の戦国冒険小説！

ハヤカワ
時代ミステリ文庫

悪魔道人 影がゆく2

稲葉博一

少年忍者・犬丸と美貌の忍者・弁天の冒険は終わった。が、伊賀では新たな死闘の幕があがる……武田信玄亡き甲斐国に潜入した伊賀者八人が消え、斬り取られた指が残された。仇討ちの命を受けたのは齢六十一の源三。この男、伊賀の伝説の老忍であった——正体不明の殺戮者を狩るべく、ひとり死地へと歩を進めん！

ハヤカワ
時代ミステリ文庫

よろず屋お市
深川事件帖

誉田龍一

幼い頃、実の父母が不幸にも殺され、お市は岡っ引きの万七に育てられる。よろず請負い稼業で危険をかいくぐってきた万七だが、彼も不審な死を遂げた。哀しみのなか、お市は稼業を継ぐ。駆け落ち娘の行方捜し、不義密通の事実、記憶のない女の身元、ありえない水死の謎——持ち込まれる難事に、お市は独り挑む。

ハヤカワ
時代ミステリ文庫

よろず屋お市
深川事件帖2　親子の情

誉田龍一

敬愛する元岡っ引きの万七が不審な死を遂げ、遺されたよろず屋を継いだ養女のお市。かつて万七の取り逃した盗賊・漁火の小四郎が江戸に戻っていることを知り、お市は独り探索に乗り出す。小四郎が犯した押し込みの陰で、じつの父と母が巻き込まれていた事実に辿り着くのだが……〈人情事件帖シリーズ〉第2作。

ハヤカワ
時代ミステリ文庫

陰仕え（かげづか）石川紋四郎

冬月剣太郎

「公儀の敵をやむなく斬って始末する」薄毛の剣士・紋四郎は、己の酷薄な役割に苦悩する。そんな折、江戸で次々と起こる読売殺し——世間を騒がす下手人の手掛かりを探すことに。紋四郎は勇んで探索するも、なんと好奇心に富みすぎる妻さくらが自分も手伝うと言い出すから気苦労が増え……おしどり夫婦事件帖。

ハヤカワ
時代ミステリ文庫

天魔乱丸

大塚卓嗣

切り落とされた信長の首を護り、森蘭丸は本能寺を逃げ惑う。が——猛り狂う炎が身体を呑み込んだ。目覚めたその時、右半身は美貌のまま、左半身が醜く焼け爛れていた。ここで果てるわけにいかない。蘭丸は光秀側の安田作兵衛を抱き込み、ある計略を仕掛ける。復讐鬼と化した美青年の暗躍！　戦国ピカレスク小説

ハヤカワ
時代ミステリ文庫

稲葉一広

町娘がかまいたちに喉笛切られて死んじまった！――金と女にだらしないが、口先と頭は冴えまくる戯作屋・伴内のところには今日も怪事が持ち込まれる。空飛ぶ幽霊、産女のかどわかし、くびれ鬼による呪い死に……江戸中の怪奇を、鮮やかに解き明かしてみせる。妖の正体見たり、枯尾花！　奇妙奇天烈捕物ばなし。

ハヤカワ
時代ミステリ文庫

按針（あんじん）

仁志耕一郎

英国の航海士ウィリアム・アダムスは、荒れ狂う海原に呑まれるも豊後に漂着。やがて徳川家康への接見を契機に、関ヶ原の合戦に駆り出される。そして死地を生き延びたアダムスは、家康から日本名・三浦按針を授けられ、やがて日本を愛し、平和のために家康を支える覚悟を決めてゆく。「青い目の侍」の冒険浪漫。

ハヤカワ
時代ミステリ文庫

著者略歴　生年出身、非公開。本書でデビュー。

HM=Hayakawa Mystery
SF=Science Fiction
JA=Japanese Author
NV=Novel
NF=Nonfiction
FT=Fantasy

江戸留守居役(えどるすいやく)　浦会(うらかい)

〈JA1461〉

二〇二〇年十二月十日　印刷
二〇二〇年十二月十五日　発行

（定価はカバーに表示してあります）

著者　伍代圭佑(ごだいけいすけ)
発行者　早川浩
印刷者　矢部真太郎
発行所　株式会社早川書房

郵便番号　一〇一 - 〇〇四六
東京都千代田区神田多町二ノ二
電話　〇三 - 三二五二 - 三一一一
振替　〇〇一六〇 - 三 - 四七七九九
https://www.hayakawa-online.co.jp

乱丁・落丁本は小社制作部宛お送り下さい。
送料小社負担にてお取りかえいたします。

印刷・三松堂株式会社　製本・株式会社フォーネット社
©2020 Keisuke Godai　Printed and bound in Japan
ISBN978-4-15-031461-3 C0193

本書のコピー、スキャン、デジタル化等の無断複製は著作権法上の例外を除き禁じられています。

本書は活字が大きく読みやすい〈トールサイズ〉です。